EE

Muriel Barbery

Die letzte Delikatesse

Roman

Aus dem Französischen von Gabriela Zehnder

Edition Epoca

Titel der französischen Originalausgabe:
«Une Gourmandise»

Dank an Pierre Gagnaire für die Speisekarte und ihre Poesie.

1. Auflage, August 2001

Satz und Gestaltung: Tatiana Wagenbach-Stephan, Zürich
Umschlag: Peter Volkart, Zürich
Druck und Bindung: Franz Spiegel Buch GmbH, Ulm
ISBN 3-905513-24-2

Inhalt

Der Geschmack
Renée
Der Besitzer
Laura
Das Fleisch
Georges
Der Fisch
Jean
Der Küchengarten
Violette
Das Rohe
Chabrot
Der Spiegel
Gégène
Das Brot
Lotte
Der Bauernhof
Venus
Der Hund
Anna
Der Toast
Rick
Der Whisky
Laure
Das Eis
Marquet
Die Mayonnaise
Paul
Die Erleuchtung

Für Stéphane, ohne den …

Der Geschmack

Rue de Grenelle, Zimmer

Wenn ich von der Tafel Besitz ergriff, tat ich es als Monarch. Wir waren die Könige, die Sonnen jenes ein paar Stunden währenden Festgelages, das über ihre Zukunft entscheiden, den tragisch nahen oder köstlich fernen und strahlenden Horizont ihrer Hoffnungen als Chefköche abstecken würde. Ich betrat den Raum wie der Konsul die Arena, um bejubelt zu werden, und verfügte, das Fest möge beginnen. Wer noch nie den berauschenden Geschmack der Macht gekostet hat, kann sich diesen plötzlichen Adrenalinstoß nicht vorstellen, der den ganzen Körper durchfährt, Harmonie in die Bewegungen bringt, jede Müdigkeit auslöscht, jede Realität, die sich nicht dem Gebot der eigenen Lust unterwirft, diese schrankenlose Ekstase der Macht, wenn man nicht mehr kämpfen muß, sondern nur noch genießen kann, was man erreicht hat, und den Rausch, Furcht einzuflößen, endlos auskostet.

So waren wir und so regierten wir als Herren und Meister über die bedeutendsten Tafeln Frankreichs, übersatt von der Vortrefflichkeit der Gerichte, von unserem eigenen Ruhm, mit der nie gestillten, uns noch immer wie die erste Fährte eines Jagdhundes erregenden Lust, über diese Vortrefflichkeit zu entscheiden.

Ich bin der größte Gastronomiekritiker der Welt. Mit mir hat sich dieses Kunsthandwerk in die Ränge der angesehensten Künste emporgeschwungen. Man kennt meinen

Namen von Paris bis Rio, von Moskau bis Brazzaville, von Saigon bis Melbourne und Acapulco. Ich habe Reputationen gemacht und wieder zunichte gemacht, ich war der bewußte und schonungslose Dombaumeister bei all diesen üppigen Festgelagen und verteilte das Salz oder den Honig meiner Feder in alle Winde der verschiedenen Zeitungen, Radio-, Fernsehsendungen und Podiumsgespräche, wo ich laufend eingeladen war, mich lang und breit über das auszulassen, was bis anhin dem engen Kreis von Fachzeitschriften oder den in Abständen erscheinenden wöchentlichen Chroniken vorbehalten gewesen war. Für alle Ewigkeit habe ich unter meinen Jagdtrophäen einige der erlesensten Kochmützen-Exemplare aufgespießt. Mir, und nur mir allein, ist der Ruhm und danach der Fall des Hauses Partais, der Untergang des Hauses Sangerre, der immer strahlendere Glanz des Hauses Marquet zu verdanken. Für die Ewigkeit, ja, für die Ewigkeit habe ich sie zu dem gemacht, was sie sind.

Im Gehäuse meiner Worte hielt ich die Ewigkeit fest, und morgen werde ich sterben. In achtundvierzig Stunden werde ich sterben – es sei denn, ich sterbe unaufhörlich schon achtundsechzig Jahre lang und geruhe erst heute, es zu merken. Wie dem auch sei, gestern ist das Urteil von Chabrot, dem Arzt und Freund, gefallen: «Mein Lieber, dir bleiben achtundvierzig Stunden.» Welche Ironie! Nach Jahrzehnten der Schlemmerei, nach Strömen von Wein, von Alkoholika aller Art, nach einem Leben in Butter, Sahne, Sauce und Fritüre, nach der allzeit sachkundig inszenierten, mit peinlicher Sorgfalt gehätschelten Maßlosigkeit, geht es meinen treuesten Gefolgsleuten, Dame

Leber und ihrem Begleiter, dem Magen, glänzend, und es ist mein Herz, das mich im Stich läßt. Ich sterbe an einer Herzinsuffizienz. Welche Bitterkeit auch! So oft habe ich den anderen vorgeworfen, ihrer Küche, ihrer Kunst mangle es daran, daß ich gar nie auf den Gedanken gekommen bin, es könnte vielleicht mir fehlen, dieses Herz, das mich so plötzlich verrät, mit kaum verhohlener Herablassung, so schnell, wie sich das Fallbeil geschärft hat …

Ich werde sterben, aber das ist nicht von Bedeutung. Seit gestern, seit Chabrot, ist nur noch eines von Bedeutung. Ich werde sterben, und es gelingt mir nicht, mich an einen Geschmack zu erinnern, der mir nicht aus dem Herzen will. Ich weiß, daß dieser Geschmack die erste und die letzte Wahrheit meines Lebens ist, daß in ihm der Schlüssel zu einem Herzen verwahrt liegt, das ich seither zum Schweigen gebracht habe. Ich weiß, daß es ein Geschmack der Kindheit ist, oder der Jugend, eine ursprüngliche und wunderbare Speise aus der Zeit vor jeder Berufung zum Kritiker, vor jedem Wunsch und jedem Ehrgeiz, meine Lust am Essen in Worte zu fassen. Ein vergessener Geschmack, der sich in meinem tiefsten Inneren eingenistet hat und sich in der Dämmerstunde meines Lebens als die einzige Wahrheit entpuppt, die in ihm geäußert – oder in die Tat umgesetzt wurde. Ich suche, und ich finde nicht.

Renée

Rue de Grenelle, Pförtnerloge

Und was sonst noch?

Nicht genug, daß ich jeden Tag, den der liebe Gott macht, den Dreck aufwische, der von ihren Nobelschuhen fällt, den Staub ihres noblen Ein- und Ausgehens sauge, daß ich mir ihre Nobelgespräche und ihre Nobelsorgen anhöre, daß ich ihre Wauwaus, ihre Miezen füttere, daß ich ihre Pflanzen gieße, daß ich ihrem Nachwuchs die Nase putze, daß ich ihr Weihnachtsgeld entgegennehme – und das ist auch der einzige Moment, wo sie nicht auf Nobel machen –, daß ich ihre Parfums riechen muß, daß ich ihren Bekannten die Tür aufmache, daß ich ihre von den Bankauszügen ihrer Nobelkonten nur so strotzende Post verteile, mit ihren Nobelrenten, ihren Nobel-Konto-Überziehungen, daß ich mir Gewalt antue, um ihr Lächeln zu erwidern, daß ich schließlich in ihrem Nobelhaus wohne, ich, die Concierge, das Garnichts, das Ding hinter seiner Scheibe, das man mit verdächtiger Eile grüßt, um Ruhe zu haben, denn es ist peinlich, dieses alte Ding in seinem finsteren Verschlag hocken zu sehen, ohne Kristallüster, ohne Lackpumps, ohne Kamelhaarüberzieher, es ist peinlich, aber es ist zugleich beruhigend, wie eine Verkörperung des sozialen Unterschieds, die die Überlegenheit ihrer Klasse rechtfertigt, wie eine Vogelscheuche als Kontrastfigur, die ihre noble Freigebigkeit hervortreten läßt, wie ein Statist, der ihre Eleganz zur

Geltung bringt –, nein, das alles ist ihnen noch nicht genug, denn nicht nur, daß ich Tag für Tag, Stunde für Stunde, Minute für Minute, vor allem aber, und das ist das Schlimmste, Jahr für Jahr diese Existenz als anstößige Klausnerin führe, zu alledem soll ich ihre Nobelsorgen auch noch *verstehen*?

Wenn sie wissen wollen, wie es dem Mâââître geht, sollen sie gefälligst an seiner Tür klingeln.

Der Besitzer

Rue de Grenelle, Zimmer

Soweit ich zurückdenken kann, habe ich immer gern gegessen. Ich könnte nicht mit Bestimmtheit sagen, welches meine ersten gastronomischen Ekstasen waren, aber die Person meiner ersten Lieblingsköchin, meine Großmutter, läßt diesbezüglich wenig Zweifel übrig. Auf dem Speisezettel der Festlichkeiten standen also Fleisch an Sauce, Kartoffeln in der Sauce und was es so braucht, um das Ganze aufzutunken. Ich wußte später nie, ob es meine Kindheitserinnerungen waren oder die Ragouts, die sich nicht wiederbeleben ließen, aber nie mehr habe ich etwas so gierig ausgekostet – ein Oxymoron, eine meiner Spezialitäten – wie jene saucendurchtränkten Kartoffeln, köstliche kleine Schwämme, am Tisch meiner Großmutter. Liegt es etwa dort, jenes vergessene Gefühl, das sich in meiner Brust regt? Brauche ich Anna nur zu bitten, einige Knollen im Saft eines gutbürgerlichen Coq au Vin marinieren zu lassen? Ach, ich weiß genau, daß dem nicht so ist. Ich weiß genau, daß der Geschmack, dem ich nachjage, sich meiner Wortgewalt, meinem Gedächtnis und meinem Denken immer entzogen hat. Sagenhafte Pots-au-feu, umwerfende Poulets nach Jägerart, überwältigende Coqs au Vin, verblüffende Kalbsblanquettes, ihr seid sehr wohl die Gefährten meiner fleisch- und saucenbesessenen Kindheit. Ich halte euch in Ehren, liebenswerte Schmortöpfe mit dem Wildbretduft – aber nicht euch suche ich jetzt.

Später haben sich meine Neigungen trotz dieser alten, nie verratenen Liebschaften anderen kulinarischen Gefilden zugewandt, und die Liebe zum Ragout wurde, mit dem zusätzlichen Genuß, den die Gewißheit des eigenen erlesenen Geschmacks verschafft, vom nachdrücklichen Appell der nüchternen Geschmacksnoten überlagert. Die zarte Liebkosung des ersten Sushi auf dem Gaumen hat für mich inzwischen jedes Geheimnis verloren; und ich lobe mir den Tag, an dem ich auf meiner Zunge die betörende und fast erotische Sämigkeit der Auster entdeckte, die auf ein Stückchen Brot mit gesalzener Butter folgt. Ich habe die wunderbare Delikatesse mit so viel Raffinesse und Brillanz aus ihrer Schale gelöst, daß der göttliche Bissen danach für jedermann einem religiösen Akt gleichkam. Zwischen diesen beiden Extremen, zwischen der warmen Fülle des Schmorbratens und der kristallinen Lauterkeit der Muschel, habe ich das ganze Spektrum der Kochkunst erkundet, als enzyklopädischer Ästhet, immer um ein Gericht voraus – aber immer um ein Herz im Rückstand.

Ich höre Paul und Anna im Flur leise sprechen. Ich öffne einen Spalt breit die Augen. Mein Blick fällt wie üblich auf die perfekten Wölbungen einer Skulptur von Fanjol, ein Geschenk Annas zu meinem sechzigsten Geburtstag, vor langer, langer Zeit, scheint mir. Paul tritt leise ins Zimmer. Von all meinen Nichten und Neffen ist er der einzige, den ich liebe und schätze, der einzige, dessen Anwesenheit ich in den letzten Stunden meines Lebens dulde und dem ich, wie auch meiner Frau, meine Verwirrung anvertraut habe, solange ich noch sprechen kann.

«Ein Gericht? Eine Nachspeise?» hat Anna mit schluchzender Stimme gefragt.

Ich ertrage es nicht, sie so zu sehen. Ich liebe meine Frau, wie ich die schönen Gegenstände meines Lebens stets geliebt habe. So ist es nun einmal. Als Besitzer habe ich gelebt, als Besitzer werde ich sterben, ohne Gemütsregung und ohne sentimentale Neigungen, ohne die leisesten Gewissensbisse, daß ich auf diese Weise Vermögen angehäuft, Seelen und Geschöpfe erobert habe, wie man ein wertvolles Gemälde erwirbt. Kunstwerke haben eine Seele. Vielleicht habe ich eben deshalb, weil ich weiß, daß man sie nicht auf ein simples mineralisches Leben, auf die leblosen Elemente reduzieren kann, aus denen sie sich zusammensetzen, nie die geringste Scham darüber empfunden, Anna als das schönste unter ihnen zu betrachten, sie, die mit ihrer ziselierten Schönheit und ihrer würdevollen Zärtlichkeit vierzig Jahre lang die Räume meines Reichs erhellte.

Ich mag sie nicht weinen sehen. An der Schwelle zum Tod spüre ich, daß sie etwas erwartet, daß sie unter diesem sich am Horizont der nächsten Stunden abzeichnenden nahen Ende leidet, und daß sie fürchtet, ich könnte in der gleichen Kommunikationslosigkeit dahinscheiden, die wir seit unserer Heirat pflegen – der gleichen, nun aber definitiven, unwiderruflichen Kommunikationslosigkeit, ohne die Hoffnung, ohne das Alibi, morgen sei vielleicht ein anderer Tag. Ich weiß, daß sie all das denkt oder fühlt, aber das kümmert mich nicht. Wir haben uns nichts zu sagen, sie und ich, das wird sie akzeptieren müssen, wie ich es gewollt habe. Ich möchte nur, daß sie das so versteht, damit es für sie weniger qualvoll, vor allem aber, damit es für mich nicht so unangenehm ist. Nichts ist jetzt noch von Bedeutung. Nichts außer jenem

Geschmack, dem ich im Vorhof meines Gedächtnisses nachstelle und der, erzürnt über einen Verrat, an den ich mich nicht einmal erinnere, mir widersteht und sich hartnäckig entzieht.

Laura

Rue de Grenelle, Treppenhaus

Ich erinnere mich an den Urlaub in Griechenland, als wir Kinder waren, auf Tinos, jener gräßlichen verbrannten und dürren Insel, die ich auf den ersten Blick haßte, vom ersten Schritt an, den ich auf festem Boden tat – nachdem wir die Schiffsbrücke verlassen, Meer und Wind hinter uns gelassen hatten ...

Eine große, grauweiße Katze war auf die Terrasse gesprungen und von dort mit einem Satz auf die kleine Mauer, die unser Ferienhaus vom unsichtbaren Haus des Nachbarn trennte. Eine große Katze: für die Verhältnisse des Landes war sie bemerkenswert. In der Umgebung wimmelte es von ausgemergelten Tieren, die mit hin und her baumelndem Kopf so kraftlos dahinschlichen, daß es mir das Herz zerriß. Diese hier schien jedoch das Gesetz des Überlebens sehr schnell erfaßt zu haben: Sie hatte die Hürde der Terrasse überwunden, war bis zur Tür des Eßzimmers gelangt, hatte sich erkühnt, ins Innere vorzudringen, wo sie sich als Richter und Rächer schamlos auf das Brathähnchen stürzte, das auf dem Tisch thronte. Wir ertappten sie dabei, wie sie sich an unserem Essen gütlich tat, und sie wirkte gar nicht sonderlich erschrocken, wollte uns höchstens günstig stimmen, bis sie mit den Zähnen in einem kräftigen, sachkundigen Ruck rasch einen Flügel abgerissen und sich mit ihrer Beute in den Lefzen durch die Fenstertür davongemacht hatte, wobei sie zur größten Freude von uns Kindern unwillkürlich fauchte.

Er war natürlich nicht da. Er würde in einigen Tagen aus Athen zurück sein, wir würden ihm die Anekdote erzählen – *Mama* würde sie ihm erzählen, blind für seine geringschätzige Miene, seine fehlende Liebe –, er würde nicht hinhören, wäre schon bereit, zu einem weiteren Gelage aufzubrechen, weit weg, am anderen Ende der Welt: ohne uns. Er würde mich gleichwohl mit einem Aufblitzen der Enttäuschung in den Augen anblicken, wenn es nicht Abneigung war, oder Grausamkeit vielleicht – wohl alle drei gleichzeitig –, und würde zu mir sagen: «Da siehst du, wie man überlebt, diese Katze ist ein lebendes Beispiel», und seine Worte wären wie ein Schlag ins Gesicht, Worte, die verletzen, die weh tun sollten, mit denen er das verängstigte kleine Mädchen quälen konnte, das so schwach war, so unwichtig: bedeutungslos.

Er war ein rücksichtsloser Mensch. Rücksichtslos in seinen Gesten, in seiner herrischen Art, sich der Dinge zu bemächtigen, in seinem zufriedenen Lachen, in seinem Raubvogelblick; nie habe ich gesehen, wie er sich *entspannte*; alles war Vorwand für Anspannung. An den seltenen Tagen, an denen er uns gnädigst mit seiner Anwesenheit beehrte, begann gleich beim Frühstück die Tortur; in einer Art Psychodrama wurde stoßweise, mit abgehackten Stimmen über das Überleben des Imperiums debattiert: Was würde man zu Mittag essen? Die Einkäufe auf dem Markt verliefen in hysterischer Aufregung. Meine Mutter ordnete sich unter, wie gewohnt, wie immer. Und dann ging er wieder, anderen Restaurants, anderen Frauen, anderen Ferien entgegen, wo es uns nicht gab, wo wir, da bin ich mir sicher, nicht einmal als Erinnerung vorkamen; höchstens im

Moment des Aufbruchs als Fliegen, unerwünschte Fliegen, die man mit dem Handrücken verscheucht, um dann nicht mehr an sie zu denken: wir waren seine Koleopteren.
Es war an einem Abend, bei Einbruch der Dämmerung. Er ging vor uns her, zwischen den kleinen Touristenläden in der einzigen Geschäftsstraße von Tinos, die Hände in den Taschen, herrischen Schrittes, ohne einen Blick. Der Boden hätte unter unseren Füßen einbrechen können, es war ihm egal; er schritt voran, und es war an uns verängstigten Kindern, an unseren kleinen Beinen, den Abgrund zu überbrücken, der sich zwischen uns auftat. Wir wußten noch nicht, daß es der letzte Urlaub war, den er mit uns verbrachte. Im nächsten Sommer nahmen wir die Nachricht, daß er uns nicht begleiten würde, mit Erleichterung und Begeisterung auf. Wir mußten uns jedoch schon bald mit einem anderen Kreuz abfinden, dem von Mama nämlich, die wie ein Geist an den Stätten unserer Erholung umherirrte, und das dünkte uns schlimmer, weil er uns durch seine Abwesenheit noch größeres Leid zuzufügen vermochte. An jenem Tag war er jedoch sehr wohl anwesend und stieg in entmutigendem Tempo den Hügel hinan – ich war vor einer kleinen, miesen Kneipe mit Neonbeleuchtung stehengeblieben, die Hand auf die Taille gepreßt, mit bohrendem Seitenstechen, und versuchte immer noch krampfhaft, wieder zu Atem zu kommen, als ich mit Entsetzen sah, daß er wieder herunterkam, gefolgt von Jean, der aschfahl seine großen, weinerlichen Augen auf mich richtete; mir stockte der Atem. Er ging an mir vorbei, ohne mich zu sehen, trat in das Lokal, grüßte den Wirt, und während wir auf der Außentreppe unentschlossen von einem Bein aufs andere traten, zeigte er auf etwas hinter dem Schanktisch, hob eine Hand mit deutlich

gespreizten Fingern, um «drei» anzuzeigen, winkte uns mit einer knappen Geste herein und setzte sich an einen Tisch ganz hinten in der Bar.

Es waren Lokum, jene kugelrunden, kleinen Krapfen, die man ins kochende Öl gibt, bis die Oberfläche knusprig ist, wobei das Innere weich und teigig bleibt, und die man dann mit Honig bestreicht und auf einem kleinen Teller, mit einer Gabel und einem großen Glas Wasser, sehr heiß serviert. Da haben wir's, es ist immer dasselbe. Ich denke wie er. Wie er zerpflücke ich die aufeinanderfolgenden Empfindungen, wie er überziehe ich sie mit Adjektiven, dehne sie, strecke sie über einen ganzen Satz, über eine verbale Melodie hinweg, lasse von der Speise nur noch Zauberkünstlerworte zurück, die den Leser glauben machen, er habe gegessen wie wir … Ich bin ganz seine Tochter …

Er kostete einen Krapfen, verzog das Gesicht, schob seinen Teller zurück und beobachtete uns. Ohne ihn zu sehen, spürte ich, daß Jean zu meiner Rechten die größte Mühe hatte, hinunterzuschlucken; ich meinerseits wartete ab, bevor ich einen neuen Bissen nahm und schaute ihn, zur Statue erstarrt, blöde an, während er uns musterte.

«Magst du sie?» fragte er mich mit seiner rauhen Stimme. Panik und Verwirrung. Neben mir rang Jean leise nach Luft. Ich riß mich zusammen.

«Ja», murmelte ich kläglich.

«Warum?» fuhr er barsch fort, aber ich sah genau, daß auf dem Grund seiner Augen, die mich zum ersten Mal seit Jahren wirklich prüfend betrachteten, ein neuer, noch nie dagewesener Funke aufblitzte, wie ein Stäubchen Erwartung, Hoffnung, unfaßbar, beängstigend und lähmend, weil ich mich schon lange daran gewöhnt hatte, daß er nichts von mir erwartete.

«Weil es gut ist?» sagte ich auf gut Glück und zog dabei die Schultern ein.

Ich hatte verloren. Wie oft habe ich sie seither in Gedanken – und Bildern – wieder durchgespielt, diese erschütternde Szene, diesen Moment, wo sich etwas hätte wenden, wo die Dürre meiner vaterlosen Kindheit sich in eine neue, strahlende Liebe hätte verwandeln können ... Wie in Zeitlupe ziehen die Sekunden vor dem Hintergrund meiner unerfüllten Sehnsüchte vorüber; Frage, Antwort, Warten, und dann die Vernichtung. Der Funke in seinen Augen erlischt so schnell, wie er aufgeblitzt ist. Angewidert wendet er sich ab, bezahlt, und ich kehre erneut in das Verlies seiner Gleichgültigkeit zurück.

Aber was mache ich denn hier in diesem Treppenhaus, mit klopfendem Herzen, und wälze diese ganzen Greuel, die schon längst überwunden sind – es wenigstens sein sollten, die kapituliert haben sollten nach so vielen Jahren des Leidens, auf der Couch, wo ich um meine ureigenen Worte ringen mußte und jeden Tag ein bißchen mehr das Recht erwarb, nicht mehr Haß, nicht mehr Schrecken zu sein, sondern nur noch ich selber. Laura. Seine Tochter ... Nein. Ich gehe nicht hinauf. Ich habe den Vater, den ich nicht hatte, schon zu Grabe getragen.

Das Fleisch

Rue de Grenelle, Zimmer

Wir verließen das Schiff im Gedränge, im Lärm, im Staub und in der allgemeinen Müdigkeit. Schon war Spanien, das wir in zwei aufreibenden Tagen durchquert hatten, nur noch ein flüchtiges Trugbild am Rande unserer Erinnerung. Schmutzig, erschöpft von den Kilometern auf gefährlichen Straßen, verdrossen durch die Hast der kurzen Halte und die summarische Verpflegung, erdrückt von der Hitze im vollbepackten Auto, das endlich langsam über den Quai rollte, lebten wir noch einige Augenblicke in der Welt des Reisens, ahnten aber schon, wie wunderbar es sein würde, angekommen zu sein.

Tanger. Vielleicht die unerschütterlichste Stadt der Welt. Unerschütterlich stark durch ihren Hafen, ihre Stellung als Verbindungsstadt, Stadt des Einschiffens und des Ausschiffens, auf halbem Weg zwischen Madrid und Casablanca, unerschütterlich stark auch, weil sie dennoch nicht, wie Algeciras auf der anderen Seite der Meerenge, eine Hafenstadt ist. Stark und beständig, unmittelbar sich selbst und in sich selbst ruhend trotz der klaffenden Öffnung der Quais gegen das Anderswo, von einem autarken Leben erfüllt, eine Enklave der Sinne am Scheideweg, so schlug uns Tanger in der ersten Minute schon kräftig in Bann. Unsere Reise ging zu Ende. Und wenn unser Ziel auch Rabat war, Wiege meiner Familie mütterlicherseits, wo wir seit der Rückkehr nach Frankreich jeden Sommer verbrachten, hatten wir schon in Tanger das Gefühl, angekommen zu sein. Wir parkten das Auto vor dem Bristol, einem bescheidenen, aber sauberen Hotel an einer steilen Straße, die zur Medina führte. Eine kurze Dusche, und dann begaben wir uns zu Fuß zum Schauplatz eines angekündigten Hochgenusses.

Er lag am Eingang zur Medina. Unter den Bogengängen rings um den Platz empfingen einige kleine Restaurants, in denen man Bratspießchen anbot, die Passanten. Wir betraten das «Unsere», stiegen in den ersten Stock hinauf, wo im engen Raum mit den blaugestrichenen Wänden, der auf den runden Platz hinaus ging, ein einziger großer Tisch thronte, und nahmen, in Erwartung des unwandelbar feststehenden Menüs, das unserer Gunst harrte, mit vor Aufregung zusammengezogenem Magen Platz. Ein armseliger, wenn auch gewissenhafter Ventilator war eher dazu da, dem Zimmer den Charme der windigen Orte zu verleihen, als daß er uns erfrischt hätte; der beflissene Kellner stellte auf das ein wenig klebrige Resopal Gläser und eine Karaffe mit eisgekühltem Wasser. Meine Mutter bestellte in perfektem Arabisch. Kaum fünf Minuten, und die Gerichte standen auf dem Tisch.

Vielleicht finde ich nicht, was ich suche. Ich werde immerhin die Gelegenheit gehabt haben, mich an folgendes zu erinnern: das gegrillte Fleisch, den Mechuia-Salat, den Pfefferminztee und die Cornes de gazelle. Ich war Ali Baba. Die Schatzhöhle, das war dieser perfekte Rhythmus, diese schillernde Harmonie von einzelnen Gerichten, die an sich schon exquisit waren, deren strenge, rituelle Abfolge jedoch ans Erhabene grenzte.

Die Fleischklößchen, mit dem gebührenden Respekt für ihre Festigkeit gebraten und trotz der Feuertaufe kein bißchen trocken, erfüllten meinen Mund des professionellen Fleischfressers mit einer warmen, würzigen, saftigen und kompakten Welle des Kauvergnügens. Die süßen Paprikaschoten, ölig und frisch, besänftigten meine von der männlichen Strenge des Fleisches beherrschten Geschmacksknospen und bereiteten sie erneut auf diesen mächtigen Angriff vor. Es gab von allem im Überfluß. Zwischendurch tranken wir in kleinen Schlucken jenes Mineralwasser, das man auch in Spanien findet, zu dem es jedoch in Frankreich kein echtes Gegenstück gibt: ein spritziges, freches und belebendes Wasser, weder fad noch übermäßig prickelnd. Wenn wir, satt und ein bißchen benommen, schließlich die Teller wegschoben und an unserer Bank eine nicht vorhandene Rückenstütze suchten, um uns behaglich zurückzulehnen, brachte der Kellner den Tee, schenkte ihn gemäß dem festgelegten Ritual ein und stellte auf den sehr flüchtig abgewischten Tisch einen Teller mit Cornes de gazelle. Niemand hatte mehr Hunger, aber genau so soll es ja sein, wenn die Backwaren an der Reihe sind: Sie können in ihrer ganzen Subtilität nur gewürdigt werden, wenn wir sie nicht essen, um den Hunger zu stillen, und wenn diese Orgie von gezuckerter Süße kein primäres Bedürfnis befriedigt, sondern vielmehr unseren Gaumen mit dem Wohlwollen der Welt überzieht.

Falls meine Suche mich heute irgendwohin führen sollte, wird es wohl nicht weit entfernt sein von diesem Kontrast: dem unglaublichen Kontrast – Quintessenz der Zivilisation – zwischen der herben Kraft eines einfachen Fleisches und der verschwörerischen Zärtlichkeit einer überflüssigen Leckerei. Die ganze Geschichte der

Menschheit, des Stammes empfindsamer Räuber, die wir sind, wiederholte sich in geraffter Form in diesen Mahlzeiten von Tanger, und das erklärt auch, weshalb sie ein solches Frohlocken in uns auszulösen vermochten.

Nie wieder werde ich in jene schöne Stadt am Meer zurückkehren, wo man im Hafen ankommt, dem Zufluchtsort, den man während der Schrecken des Sturms so sehr herbeigesehnt hat – nie wieder. Aber was bedeutet das schon? Ich bin meiner Erlösung auf der Spur. Hier, auf diesen direkten Wegen, wo das Wesen unseres Menschseins erprobt wird, weit weg vom Nimbus der fürstlichen Gelage meiner Kritikerkarriere, muß ich jetzt das Instrument meiner Befreiung suchen.

Georges

Rue de Provence

Das erste Mal war es bei Marquet. Man muß das gesehen haben, man muß dieses große Raubtier mindestens einmal im Leben gesehen haben, wie es vom Speisesaal Besitz ergreift, diese löwenhafte Majestät, dieses königliche Neigen des Kopfes, um den Maître d'hôtel zu grüßen, als Stammkunde, als hoher Gast, als Besitzer. Er bleibt stehen, fast mitten im Raum, er plaudert mit Marquet, die eben aus ihrer Küche kommt, aus ihrem Refugium, er legt ihr die Hand auf die Schulter, während sie sich zu seinem Tisch begeben. Es sind Leute um sie herum, sie reden laut, sie strahlen alle in einer Mischung aus Arroganz und Anmut, aber man spürt genau, daß sie ihn verstohlen belauern, daß sie in seinem Schatten glänzen, daß sie an seiner Stimme hängen. Er ist der Gebieter, und im Kreise seines Hofstaates verfügt er, während sie schwatzen.

Der Oberkellner mußte ihm wohl zugeflüstert haben: «Heute ist einer Ihrer jungen Kollegen hier, Monsieur.» Er drehte sich nach mir um, blickte mich kurz prüfend an, wobei ich mich bis in meine innerste Mittelmäßigkeit hinein geröntgt fühlte, wandte sich wieder ab. Und schon lud man mich ein, mich an seinen Tisch zu setzen.

Es war eine *masterclass*, einer jener Tage, an denen er, in die Rolle des geistigen Führers schlüpfend, die Blüte der jungen europäischen Gastronomiekritik zum gemeinsamen Mittagsmahl lud und als zum Prediger gewordener

Oberpriester von seiner Kanzel herab einige atemlos staunende Anhänger das Handwerk lehrte. Der Papst thronte inmitten seiner Kardinäle: es lag etwas von einer pompösen Messe in diesem gastronomischen Konzil, wo er uneingeschränkt über eine andächtige Elite herrschte. Die Regel war einfach. Man aß, man kommentierte nach Belieben, er hörte zu, das Urteil wurde gefällt. Ich war gelähmt. Wie der ehrgeizige, aber schüchterne junge Mann, den man beim Paten einführt, wie der Provinzler bei seiner ersten Pariser Soiree, wie der glühende Verehrer, der auf die Diva trifft, der kleine Schuster, der dem Blick der Prinzessin begegnet, der junge Autor, der zum ersten Mal den Tempel des Verlags betritt – wie sie war ich versteinert. Er war Christus, und bei diesem Mahl war ich Judas, nicht, weil ich ihn verraten wollte, sondern weil ich überzeugt war, ein Hochstapler zu sein, der sich in den Olymp verirrt hatte, der versehentlich eingeladen worden war und dessen armselige Geistlosigkeit jeden Moment vor aller Augen zutage treten würde. So schwieg ich während der ganzen Mahlzeit, und er drängte mich nicht, sondern reservierte die Peitsche oder die Liebkosung seiner Dekrete für die Gemeinde der regelmäßigen Gäste. Beim Nachtisch indessen wandte er sich schweigend an mich. Alle deutelten erfolglos an einer Kugel Orangensorbet herum.

Erfolglos: jedes Kriterium ist subjektiv. Was mit der Elle des gesunden Menschenverstandes gemessen magisch und meisterhaft erscheint, muß am unerbittlichen Maßstab des Genies erbärmlich zerbrechen. Ihre Konversation war überwältigend; die Kunst des Redens übertrumpfte die Kunst des Kostens. Mit der Bravour und Akkuratesse ihrer Kommentare, der Virtuosität ihrer meisterlich beherrschten Tiraden, die das Sorbet mit Syntaxblitzen, mit poetischen Funken durchschlugen, versprachen sie alle, eines Tages die Meister des kulinarischen Wortes zu werden, die durch die Aura ihres Ältesten nur vorübergehend in den Schatten gedrängt worden waren. Doch die ungleichmäßige orangefarbene Kugel mit ihrer fast klumpigen Oberfläche schmolz im Teller immer weiter und trug als lautlose Lawine etwas von seiner Mißbilligung davon. Nichts war ihm recht.

Er ist gereizt, einer ernsthaften Verstimmung, ja fast der Selbstverachtung nah, sich überhaupt auf eine so triste Gesellschaft eingelassen zu haben … seine finsteren Augen fixieren mich, fordern mich auf … ich räuspere mich, starr vor Schrecken und rot vor Verlegenheit, denn zu diesem Sorbet fällt mir zwar manches ein, aber bestimmt nicht das, was hier gesagt werden kann, in diesem gerissenen Konzert, diesen hochstaplerischen Phrasierungen, im Kreise dieser Gourmet-Strategen, vor diesem leibhaftigen Genie mit der unsterblichen Feder und dem glühenden Blick. Und doch muß es jetzt sein, ich muß etwas sagen, und zwar sofort, denn seine ganze Person strahlt Ungeduld und Verärgerung aus. Ich räuspere mich also erneut, befeuchte die Lippen, fasse mir ein Herz.

«Es erinnert mich an die Sorbets, die meine Großmutter machte …»

Auf dem selbstgefälligen Gesicht des jungen Mannes mir gegenüber der Ansatz eines spöttischen Lächelns, dazu ein leichtes Aufblähen der Backen, Vorwegnahme des tödlichen Gelächters, einer Abfuhr erster Klasse: Guten Tag, auf Wiedersehen, Monsieur, Sie sind gekommen, kommen Sie nicht wieder, einen recht guten Abend.

Er aber lächelte mir mit unvermuteter Wärme zu, ein

breites, offenes Lächeln, das Lächeln eines Wolfs, doch von Wolf zu Wolf, in der Verbundenheit der Meute, freundschaftlich, entspannt, etwa in der Art: Guten Tag, mein Freund, wie schön, sich zu finden. Und er sagt zu mir: «Erzählen Sie mir doch von Ihrer Großmutter.»

Das ist eine Ermunterung, aber auch eine versteckte Drohung. Auf dieser scheinbar wohlwollenden Aufforderung lastet die Notwendigkeit, daß ich ihr nachkomme, und die Gefahr, daß ich ihn nach einer so schönen Einleitung enttäusche. Meine Antwort hat ihn angenehm überrascht, sie hebt sich von den Bravourstücken der Meistersolisten ab, das gefällt ihm. Fürs erste.

«Die Küche meiner Großmutter ...», sage ich und ringe verzweifelt nach Worten, auf der Suche nach der entscheidenden Formel, die sowohl meine Antwort als auch meine Kunst – mein Talent – rechtfertigen wird.

Doch unerwartet kommt er mir zu Hilfe.

«Stellen Sie sich vor» (er lächelt mir beinahe liebevoll zu), «ich hatte auch eine Großmutter, deren Küche für mich ein magischer Zufluchtsort war. Ich glaube, meine ganze Karriere wurzelt in den Düften und Gerüchen, die ihr entströmten und die mich als Kind verrückt machten vor Verlangen. Buchstäblich verrückt vor Verlangen. Man weiß gar nicht, was das ist, das Verlangen, das echte Verlangen, wenn es einen hypnotisiert, wenn es sich der Seele voll und ganz bemächtigt und sie von allen Seiten umgarnt, bis man ein Dämon ist, ein Besessener, zu allem bereit für ein Krümchen, ein Tröpfchen von dem, was da zusammengebraut wird, unter der eigenen Nase, die von den Teufelsdüften völlig hingerissenen ist! Und dann sprühte sie vor Energie, vor verheerend guter Laune, vor ungeheurer Lebenskraft, die ihrer ganzen Küche eine flammende Vitalität verlieh, so daß ich das Gefühl hatte, im Kern einer schmelzenden Materie zu sein, sie strahlte und umhüllte mich mit dieser warmen und wohlriechenden Ausstrahlung!»

«Ich hatte eher den Eindruck, die Kirche zu betreten», sage ich erleichtert, denn ich habe die Triebfeder meiner Intuition und also meiner Argumentation gefunden (ich stoße innerlich einen langen, stummen Seufzer aus). «Meine Großmutter war bei weitem nicht so fröhlich und so heiter. Sie verkörperte eher ein Bild von nüchterner, ergebener Würde, war durch und durch protestantisch und kochte zwar mit Ruhe und großer Sorgfalt, aber ohne Leidenschaft und innere Erregung, inmitten von Suppenschüsseln und Platten aus weißem Porzellan, die vor einer Tischrunde mit stummen Gästen aufgetragen wurden, welche ohne Hast und sichtbare Gemütsbewegung Gerichte aßen, bei denen man vor Jubel und Genuß fast platzte.»

«Seltsam», sagt er, «ich habe den Erfolg und den Zauber jener Küche, die für mich die Gutherzigkeit und Köstlichkeit selbst war, immer ihrer guten Laune und ihrer südländischen Sinnlichkeit zugeschrieben. Ich dachte sogar manchmal, es sei ihre Einfalt, ihre bescheidene Bildung und Kultur, die aus ihr eine vollendete Köchin machten, indem die ganze Energie, die sie nicht für den Kopf brauchte, für das Essen frei wurde.»

«Nein», sage ich nach kurzem Überlegen, «was ihrer beider Kunst ausmachte, war weder ihr Charakter noch ihre Lebenskraft, genauso wenig wie ihr einfaches Gemüt, ihre Liebe zur gut gemachten Arbeit oder ihre nüchterne Strenge. Ich glaube, sie waren sich bewußt, ohne es sich einzugestehen, daß sie eine edle Aufgabe erfüllten, in der sie sich hervortun konnten, und die nur scheinbar untergeordnet, materiell oder zweckbetont war. Ungeachtet aller Erniedrigungen, die sie über sich ergehen lassen mußten – nicht in ihrem eigenen Namen, sondern aufgrund ihrer Stellung als Frauen –, wußten sie genau, daß, wenn die Männer heimkamen und sich setzen, ihre ureigene Herrschaft beginnen konnte. Und es handelte sich dabei nicht um die Aneignung der ‹inneren Wirtschaft›, wo sie, ihrerseits Regentinnen, sich an der Macht gerächt hätten, die die Männer ‹außerhalb› ausübten. Weit mehr als das, sie wußten, daß sie Meisterwerke vollbrachten, die den Männern direkt ans Herz und in den Körper gingen, und ihnen in deren Augen mehr Größe verliehen, als sie selber den Ränkespielen um Geld und Macht oder den gesellschaftlichen Vorrechten zugestanden. Sie hatten sie in der Hand, ihre Männer, nicht etwa durch das Band des häuslichen Dienstes, nicht durch die Kinder, die Ehrbarkeit oder gar das Bett – sondern durch die Geschmacksknospen, und zwar so sicher, als hätten sie die Männer in einen Käfig gesperrt, in den sich diese freiwillig hineingestürzt hatten.»

Er hört mir mit großer Aufmerksamkeit zu, und ich entdecke an ihm diese bei den Machtmenschen seltene Gabe, die einen erkennen läßt, wann die Parade aufhört, die Konversation, bei der jeder nur sein Gebiet markiert und seine Stärke demonstriert, und wann der echte Dialog beginnt. Um uns herum dagegen herrscht Auflösung. Der überhebliche junge Mann, eben noch so erpicht darauf, mich mit seinem Spott zu geißeln, hat jetzt eine wächserne Gesichtsfarbe und einen stumpfsinnigen Blick. Die anderen stehen sprachlos am Abrund der Verzweiflung. Ich fahre fort.

«Was empfanden sie wohl, jene von sich selbst eingenommenen Männer, jene ‹Familienoberhäupter›, die eine patriarchalische Gesellschaft von Anfang an darauf gedrillt hatte, einst Herren und Meister zu sein, wenn sie den ersten Bissen der einfachen, erstaunlichen Gerichte zum Munde führten, die ihre Frauen in ihren privaten Laboratorien zubereitet hatten? Was empfindet ein Mann, dessen von Gewürzen, Sauce, Fleisch, Sahne und Salz gesättigte Zunge plötzlich erfrischt wird durch die Berührung mit einer langen Eis- und Fruchtlawine, die nur gerade eine Spur rustikal, eine Spur körnig ist, damit das Vergängliche etwas weniger vergänglich sei, etwas hinausgezögert werde im langsameren Zerfließen der fruchtigen Eisklümpchen, die ganz zart vergehen … Jene Männer empfanden schlichtweg das Paradies, und wenn sie es sich auch nicht eingestanden, wußten sie doch genau, daß sie es ihren Frauen nicht gleichtun konnten, weil sie es mit ihrem ganzen Imperium und ihrer ganzen Arroganz nicht zustande brachten, ihnen vor Lust so die Sinne zu rauben, wie diese sie im Mund zum wollüstigen Genießen brachten!»

«Sehr interessant», sagt er, «ich folge Ihnen genau. Aber Sie erklären hier Talent mit Ungerechtigkeit, die Begabung unserer Großmütter mit ihrem Status als Unterdrückte, während es doch sehr wohl große Köche gab, die weder an einer gesellschaftlichen Minderwertigkeit noch an einem Leben litten, dem es an Prestige oder Macht fehlte. Wie bringen Sie das in Einklang mit Ihrer Theorie?»

«Kein Koch kocht wie unsere Großmütter, keiner hat je wie sie gekocht. All das, was wir hier anführen» (und ich betone leicht das «Wir», um deutlich zu machen, daß jetzt ich zelebriere), «hat diese so spezifische Küche hervorgebracht, die Küche der Frauen im Haus, in der Abgeschlossenheit ihres Heims: eine Küche, der es bisweilen an Raffinesse mangelt, die immer diesen leichten ‹familiären› Zug aufweist, das heißt gehaltvoll und nahrhaft ist, dazu geschaffen, ‹im Bauch zu halten› – die aber im Grunde und vor allem anderen von einer glühenden Sinnlichkeit ist, was erklärt, weshalb wir beim Wort ‹Fleisch› gleichermaßen an Gaumenfreuden wie an Liebesfreuden denken. Ihre Küche, das waren ihre weiblichen Reize, ihr Charme, ihre Verführungskunst – darin fand sie ihre Inspiration, dadurch wurde sie einzigartig.»

Er lächelt mir erneut zu. Und vor den betretenen Epigonen, die völlig niedergeschmettert sind, weil sie nicht begreifen, nicht begreifen können, daß sie, die Balancekünstler der Gastronomie, die zu Ehren der Eßgöttin ihre Tempel errichtet haben, von einem armseligen jungen Köter ausgestochen werden, der in seiner verdutzten Schnauze einen ganz nackten, ganz gelben, abgenagten alten Knochen bringt – vor dieser tiefbetrübten Gesellschaft also sagt er zu mir: «Würden Sie mir das Vergnügen machen, morgen mittag mit mir bei Lessière zu speisen, damit wir dieses spannende Gespräch in aller Ruhe weiterführen können?»

Ich habe vorhin Anna angerufen, und mir ist klar geworden, daß ich nicht hingehen werde. Nicht mehr. Nie mehr. So geht ein Epos zu Ende, das Epos meiner Lehrzeit, die wie in den Entwicklungsromanen vom Entzücken zu den Ambitionen, von den Ambitionen zu den Enttäuschungen und von den Enttäuschungen zum Zynismus geführt hat. Aus dem ein bißchen scheuen, sehr aufrichtigen jungen

Mann, der ich war, ist ein einflußreicher, gefürchteter, angesehener Kritiker geworden, der von der besten Schule kommt und in die besten Kreise Eingang gefunden hat, sich aber von Tag zu Tag und vorzeitig immer älter fühlt, immer müder, immer unnützer: ein geschwätziger, galliger Greis, der bis zum Überdruß ein besseres Selbst beschwört, das unerbittlich zerbröckelt und ihm ein Alter als klarblickender, erbärmlicher Trottel verheißt. Ist es das, was er jetzt empfindet? War es das, was unter seine ein wenig matten Lider kaum sichtbar einen Hauch Traurigkeit, einen Anflug von Nostalgie sickern ließ? Bin ich dabei, in seine Fußstapfen zu treten, die selbe Reue zu erleben, den selben Irrwegen zu folgen? Oder bin ich erst am Punkt angelangt, wo ich mein eigenes Schicksal beklage, weit, weit entfernt vom Glanz seiner inneren Reisen? Ich werde es nie wissen.

Der König ist tot. Es lebe der König.

Der Fisch

Rue de Grenelle, Zimmer

Jeden Sommer fuhren wir in die Bretagne. Es war noch zu der Zeit, als die Schule erst Mitte September wieder begann; meine Großeltern, die unlängst zu Geld gekommen waren, mieteten jeweils Ende Saison an der Küste ein geräumiges Haus, wo die ganze Familie zusammenkam. Es war eine wunderbare Zeit. Ich war noch nicht alt genug, um gebührend schätzen zu können, daß diese einfachen Leute, die ihr ganzes Leben lang hart gearbeitet hatten und erst in späten Jahren vom Schicksal begünstigt worden waren, beschlossen hatten, mit ihren nächsten Angehörigen zu Lebzeiten das Geld auszugeben, das andere unter ihrer Wollmatratze aufbewahrt hätten. Ich wußte hingegen schon, daß wir, die Kleinen, mit einer Klugheit umsorgt wurden, die mich immer noch verblüfft, mich, der ich meine eigenen Kinder nichts als verwöhnt habe – verwöhnt auf verderblichste Art und Weise. Ich habe sie verfaulen und verrotten lassen, diese drei faden, dem Schoß meiner Frau entsprungenen Geschöpfe, Geschenke, die ich ihr nachlässig gemacht hatte als Gegenleistung für ihre Selbstverleugnung einer dekorativen Gattin – entsetzliche Geschenke, wenn ich es heute bedenke, denn was sind Kinder anderes als die monströsen Auswüchse unserer selbst, ein erbärmlicher Ersatz für unsere nicht verwirklichten Wünsche? Für jemanden wie mich, der im Leben schon Erfüllung gefunden hat, verdienen sie erst Interesse, wenn sie endlich weggehen und etwas anderes werden als Söhne oder Töchter. Ich liebe sie nicht, ich habe sie nie geliebt, und ich empfinde keinerlei Gewissensbisse deswegen. Daß sie ihrerseits ihre gesamte Energie darauf verschwenden, mich mit aller Kraft zu hassen, ist nicht meine Sache – die einzige Vaterschaft, zu der ich mich bekenne, ist mein Werk. Und vielleicht nicht einmal das: dieser verborgene und unauffindbare Geschmack läßt mich beinahe daran zweifeln.

Meine Großeltern liebten uns auf ihre Art: uneingeschränkt. Sie hatten aus ihren eigenen Kindern eine Reihe von Neuropathen und Degenerierten gemacht – ein schwermütiger Sohn, eine hysterische Tochter, eine andere, die Selbstmord begangen hatte, bis hin zu meinem Vater, der dem Wahnsinn nur um den Preis völliger Phantasielosigkeit entgangen war, und der eine Frau genommen hatte, die seinen Charakter widerspiegelte: Der Halt meiner Eltern waren ihre beflissene Lauheit und Mittelmäßigkeit, die sie vor der Maßlosigkeit, das heißt vor dem Abgrund, bewahrten. Doch ich, einziger Sonnenstrahl im Dasein meiner Mutter, war ihr Gott, und ein Gott bin ich geblieben, wobei ich nichts von ihrem traurigen Gesicht, ihrer leblosen Küche und ihrer ein wenig jammernden Stimme bewahrt habe, dafür alles von ihrer Liebe, die mir die Selbstsicherheit der Könige verlieh. Von seiner Mutter vergöttert worden zu sein … Dank ihr habe ich Weltreiche erobert, bin ich das Leben mit jener unwiderstehlichen Rücksichtslosigkeit angegangen, die mir die Pforten zum Ruhm geöffnet hat. Überglücklich als Kind, konnte ich als Mann unerbittlich werden dank der Liebe einer Megäre, die letzten Endes nur ihr fehlender Ehrgeiz zur Sanftmut nötigte.

Mit ihren Enkeln hingegen waren meine Großeltern die entzückendsten Menschen. Die Gutmütigkeit und der Schalk ihres innersten Wesens, die durch die Bürde ihres Elternseins geknebelt waren, entfalteten sich in ihrer Freiheit als Großeltern. Der Sommer war ganz Ungebundenheit. Alles schien möglich in jener Welt vergnüglicher, verschwörerischer Expeditionen und Erkundungszüge auf den Felsen am Strand, nach Einbruch der Nacht; in jener unerhörten Großzügigkeit, mit der alle zufälligen Nachbarn dieser Sommertage an unseren Tisch geladen wurden. Meine Großmutter waltete am Herd mit stolzer Ruhe ihres Amtes. Sie wog über hundert Kilogramm, hatte einen Schnurrbart, lachte wie ein Mann und zeterte mit dem Liebreiz eines Fuhrmanns hinter uns her, wenn wir uns in die Küche wagten. Unter ihren sachkundigen Händen aber verwandelten sich die nichtssagendsten Substanzen in Wunderwerke. Der Weißwein floß in Strömen, und wir aßen, aßen und aßen. Seeigel, Austern, Muscheln, gebratene Garnelen, Krebse mit Mayonnaise, Kalmar an Sauce, aber auch («man kann sich nun mal nicht ändern») Schmorbraten, Blanquettes, Paella, gebratenes Geflügel, geschmortes Geflügel, Geflügel an Sahne; das reinste Schlaraffenland.

Einmal im Monat setzte mein Großvater beim Frühstück eine gestrenge und feierliche Miene auf, erhob sich wortlos und ging allein an den Hafen zum täglichen Fischverkauf. Da wußten wir, daß heute *der* Tag war. Meine Großmutter hob die Augen zum Himmel, brummte, «das werde ja wieder eine Ewigkeit stinken» und murmelte etwas Unfreundliches über die Kochkünste ihres Gatten. Ich, zu Tränen gerührt beim Gedanken, was uns erwartete, wußte zwar genau, daß sie scherzte, nahm es ihr aber trotzdem kurz übel, daß sie in diesem geheiligten Moment nicht demütig das Haupt neigte. Eine Stunde später kam mein Großvater mit einer riesigen Kiste, die nach Gezeiten roch, vom Hafen zurück. Er schickte uns «Knirpse» an den Strand, und wir machten uns zitternd vor Aufregung davon, in Gedanken schon wieder zurück, doch fügsam bestrebt, ihn nicht zu verstimmen. Wenn wir um ein Uhr in seliger Erwartung des Mittagessens zurückkehrten, nachdem wir gebadet hatten, ohne recht bei der Sache zu sein, sogen wir schon an der Straßenecke den himmlischen Geruch ein. Ich hätte schluchzen mögen vor Glück.

Die gebratenen Sardinen erfüllten das ganze Viertel mit ihrem Duft nach Ozean und Asche. Dichter, grauer Rauch stieg aus der Thujahecke, die den Garten umgab. Die Männer der Nachbarhäuser waren gekommen, meinem Pépé tatkräftig zur Seite zu stehen. Auf riesigen Rosten brutzelten die kleinen silbernen Fische im Mittagswind schon knusprig vor sich hin. Es wurde gelacht, geschwatzt, man entkorkte die eisgekühlten Weißweinflaschen, die Männer setzten sich schließlich, und die Frauen kamen mit ihren Stapeln von blitzblanken Tellern aus der Küche. Geschickt packte meine Großmutter einen der kleinen drallen Körper, schnupperte daran und beförderte ihn zusammen mit ein paar anderen auf den Teller. Mit ihren gütigen, einfältigen Augen schaute sie mich freundlich an und sagte: «Da, nimm, Kleiner, die erste ist für dich! Donnerwetter, der ist ja ganz versessen drauf!» Und alle brachen in lautes Gelächter aus, man klopfte mir auf den Rücken, während die wunderbare Speise vor mir landete. Ich hörte nichts mehr. Mit weit aufgerissenen Augen starrte ich auf den Gegenstand meiner Begierde; die graue, blasenübersäte und von langen schwarzen Streifen durchzogene Haut haftete nicht einmal mehr an den Flanken, die sie bedeckte. Ich machte mit meinem Messer einen Schnitt in den Rücken des Tieres und zerlegte sorgfältig das weißliche, gerade eben durchgebratene Fleisch, das sich in festen Lamellen und ohne den geringsten Widerstand löste.

Im Fleisch des gebratenen Fischs, von der bescheidensten Makrele bis zum erlesensten Lachs, gibt es etwas, was sich der Zivilisation entzieht. So haben die Menschen, während sie lernten, ihren Fisch zu kochen, wohl zum ersten Mal ihr Menschsein gespürt, in dieser Substanz, von der das Feuer gleichermaßen die Reinheit und die wesenhafte Wildheit offenbarte. Über dieses Fleisch zu sagen, es sei fein, sein Geschmack sei subtil und expansiv zugleich, es reize das Zahnfleisch in einer Mischung aus Heftigkeit und Zartheit, zu sagen, die leichte Bitterkeit der gebratenen Haut in Verbindung mit der außerordentlichen Öligkeit des dichten, festen und kraftvollen Gewebes, das den Mund mit dem Geschmack eines Anderswo erfüllt, mache aus der gebratenen Sardine einen kulinarischen Höhepunkt, wäre etwa soviel, wie die einschläfernde Wirkung des Opiums zu unterstreichen. Denn hier geht es weder um Feinheit noch um Zartheit, weder um das Kräftige noch um das Ölige, sondern um das Wilde. Es braucht eine starke Natur, um sich diesem Geschmack zu stellen; in ihm ist nämlich auf die exakteste Art und Weise die ganze primitive Roheit enthalten, unter deren Berührung unser Menschsein sich herausbildet. Es braucht auch eine unverfälschte Natur, die kräftig zu kauen versteht, unter Ausschluß jeder anderen Nahrung; ich verschmähte die Kartoffeln und die gesalzene Butter, die meine Großmutter neben meinen Teller stellte, und verschlang gierig ein Stück Fisch nach dem anderen.

Das Fleisch ist männlich, kraftvoll, der Fisch fremdartig und grausam. Er kommt aus einer anderen Welt, der Welt eines verborgenen Meeres, das sich niemals preisgeben wird, er zeugt von der gänzlichen Relativität unserer Existenz, und doch gibt er sich uns hin in der flüchtigen Offenbarung einer unbekannten Landschaft. Während ich die gegrillten Sardinen genoß, als Autist, den im Moment nichts stören konnte, wußte ich, daß ich mich zum Menschen machte durch diese außergewöhnliche Konfrontation mit einer von anderswoher kommenden Empfindung, die mir gerade durch das Gegensätzliche mein Menschsein bewußt machte. Unendliches Meer, grausames, urtümliches, sublimes Meer, wir schnappen mit gierigen Mündern nach den Erzeugnissen deines rätselhaften Wirkens. Die gegrillte Sardine entfaltete in meinem Gaumen wie eine Gloriole ihr unverfälschtes, exotisches Bukett, und ich wuchs mit jedem Bissen, erhob mich jedesmal eine Stufe höher, wenn die Meeresasche der geplatzten Haut meine Zunge liebkoste.

Aber das ist noch nicht, was ich suche. Ich habe vergessene, unter dem Prunk meiner königlichen Bankette begrabene Empfindungen an die Oberfläche geholt, habe an die ersten Schritte meiner Berufung als Kritiker angeknüpft, die Düfte meiner Kinderseele freigesetzt. Und das alles ist es nicht. Die Zeit, die mittlerweile drängt, läßt die undeutlichen, doch erschreckenden Umrisse meines endgültigen Scheiterns hervortreten. Ich will nicht aufgeben.

Ich mache eine gewaltige Anstrengung, mich zu erinnern. Und wenn das, was mich so verhöhnt, letzten Endes nicht einmal schmackhaft wäre? Wie bei der gräßlichen Madeleine von Proust, jenem absonderlichen Gebäck, das an einem trostlosen Nachmittag in einem Löffel – o höchste Geschmacklosigkeit – Kräutertee in schwammige Brösel aufgelöst wurde, ist meine Erinnerung vielleicht letzten Endes bloß mit einem banalen Gericht verknüpft, von dem einzig die mit ihm verbundene Emotion kostbar bleibt, welche mir eine bisher unbekannte Begabung zum Leben offenbaren könnte.

Jean

Café des Amis, 18. Arrondissement

Alter Eitersack. Fauliges Aas. Krepier, so krepier doch. Krepier in deinen Seidenlaken, in deinem Paschazimmer, in deinem Bürgerkäfig, krepier, krepier, krepier. Dann haben wir wenigstens dein Geld, wenn wir schon deine Gunst nicht hatten. Dein ganzes Freßbonzengeld, das dir nichts mehr nützt, das anderen zufällt, das Geld des Besitzers, das Geld deiner Korruption, deiner Schmarotzertätigkeit, dieses ganze Fressen, dieser ganze Luxus, ach, welche Verschwendung ... Krepier ... Alle drängen sie um dich – Mama, dabei sollte dich Mama eigentlich alleine sterben lassen, dich im Stich lassen, wie du sie im Stich gelassen hast, doch sie tut es nicht, sie bleibt bei dir, untröstlich, man könnte meinen, sie sei dabei, alles zu verlieren. Ich werde es nie verstehen, diese Verblendung, diese Schicksalsergebenheit und diese Fähigkeit, sich einzureden, sie habe das Leben gehabt, das sie sich wünschte, diese Berufung zur Märtyrerin, ach, es widert mich an, Mama, Mama ... Und dann dieser Arschkriecher von Paul, mit seinem Gehabe eines verlorenen Sohnes, seiner Heuchelei des geistigen Erben, der bestimmt ums Bett herum schleicht, «möchtest du ein Kissen, Onkel, soll ich dir ein paar Seiten Proust, Dante, Tolstoi vorlesen?» Ich kann ihn nicht riechen, den Kerl, ein echter Schweinehund, ein anständiger Bürger, der hochnobel tut und an der Rue Saint-Denis die Dirnen aufreißt, genau, ich habe ihn dort unten aus einem Haus kommen sehen … Ach, was hat es denn für einen Sinn, wirklich, was hat es für einen Sinn, das alles wieder aufzurühren, meine Bitterkeit eines hässlichen kleinen Entleins aufzurühren und ihm Recht zu geben: «Meine Kinder sind Schwachköpfe», das sagte er seelenruhig in unserer Gegenwart, alle waren peinlich berührt, nur er nicht, er sah nicht einmal, weshalb es *schockierend* war, so etwas nicht nur zu sagen, sondern auch zu denken! Meine Kinder sind Schwachköpfe, vor allem mein Sohn. Aus denen wird man nie etwas machen. Aber ja doch, Vater, du hast etwas aus deinen Bälgern gemacht, sie sind nichts anderes als dein Werk, du hast sie fein gehackt, zerlegt, in einer miesen Sauce ertränkt, und das ist aus ihnen geworden: Dreck, Versager, Schwächlinge, Jammerlappen. Ach! Und dabei hättest du Götter aus ihnen machen können, aus deinen Kindern! Ich erinnere mich, wie stolz ich war, wenn ich mit dir ausging, wenn du mich auf den Markt mitnahmst, ins Restaurant; ich war ganz klein, und du warst so groß, mit deiner kräftigen, warmen Hand, die mich hielt, und deinem Profil von unten, diesem kaiserlichen Profil, und dieser Löwenmähne! Du warst eine imposante Erscheinung, und ich war glücklich, überglücklich, einen Vater wie dich zu haben … Und da bin ich nun, schluchzend, mit gebrochener Stimme, zerschlagenem Herzen, zerstört; ich hasse dich, ich liebe dich, und ich hasse mich für diese Zwiespältigkeit, ich könnte schreien, diese verfluchte Zwiespältigkeit, die mein Leben kaputtgemacht hat, weil ich dein Sohn geblieben bin, weil ich nie etwas anderes war als der Sohn eines Ungeheuers!

Der Leidensweg besteht nicht darin, sich von jenen zu trennen, die einen lieben, sondern sich von denen zu lösen, die einen nicht lieben. Und ich verbringe mein tristes Leben damit, mir glühend deine Liebe zu wünschen, die du uns vorenthalten hast, diese fehlende Liebe, großer Gott, habe ich denn nichts Besseres zu tun, als mein trauriges Los als armer, ungeliebter kleiner Junge zu beklagen? Dabei ist jetzt etwas ganz anderes wichtig, ich werde auch bald sterben, und es ist allen egal, auch mir ist es egal, es ist mir egal, weil er in diesem Moment am Krepieren ist und ich ihn liebe, diesen Schuft, ich liebe ihn, ach Scheiße …

Der Küchengarten

Rue de Grenelle, Zimmer

Das Haus meiner Tante Marthe, ein baufälliges, von Efeu überwuchertes altes Gebäude, sah mit dem zugemauerten Fenster auf seiner Frontseite leicht anrüchig aus, was durchaus zu dem Ort und seiner Bewohnerin paßte. Tante Marthe, die älteste Schwester meiner Mutter und die einzige, die keinen Spitznamen abbekommen hatte, war in der Tat eine barsche, häßliche und übelriechende alte Jungfer, die zwischen Hühnerhaus und Kaninchenstall in einem unglaublich pestilenzialischen Gestank lebte. Im Innern selbstverständlich kein Wasser, keine Elektrizität, kein Telefon, kein Fernseher. Woran wir bei ihr jedoch vor allem litten – abgesehen von diesen Verstößen gegen den modernen Komfort, die ich mit meiner Vorliebe für Landpartien gelassen hinnahm –, war eine viel bedenklichere Plage: Es gab nichts in ihrem Haus, das nicht klebte, das einem nicht an den Fingern haften blieb, wenn man einen Gegenstand ergreifen wollte, am Ellbogen, der unglücklicherweise gegen ein Möbel stieß; sogar das Auge sah buchstäblich den schmierigen Film, der alles überzog. Wir aßen nie mit ihr, weder zu Mittag noch zu Abend, und, nur allzu glücklich, uns auf ein Picknick zu berufen, das auf gar keinen Fall verpaßt werden durfte («es wäre ein Verbrechen, bei so schönem Wetter nicht am Ufer der Golotte zu Mittag zu essen»), machten wir uns erleichterten Herzens davon.

Das Land. Mein ganzes Leben habe ich in der Stadt verbracht, berauscht vom Marmor, mit dem das Vestibül des Hauses ausgelegt ist, in dem ich wohne, vom roten Teppich, der darin Schritte und Gefühle dämpft, von den Delfter Fayencen, die das Treppenhaus zieren, und von der luxuriösen Holztäfelung, mit der das erlesene kleine Boudoir, das man Aufzug nennt, diskret verkleidet ist. Jeden Tag, jede Woche kehrte ich von meinen Essen in der Provinz zum Asphalt zurück, zum vornehmen Firnis meiner bürgerlichen Residenz, schloß meinen Durst nach Grün zwischen vier von Meisterwerken erdrückte Wände ein, und mehr und mehr vergaß ich, daß ich für die Bäume geboren wurde. Das Land ... Meine grüne Kathedrale ... Dort hat mein Herz die inbrünstigsten Lobgesänge gesungen, dort hat mein Auge die Geheimnisse des Schauens, mein Gaumen den Geschmack von Wildbret und Gartengemüse, meine Nase die Feinheit der Düfte ergründet. Denn trotz ihrer ekelerregenden Höhle besaß Tante Marthe einen Schatz. Ich bin mit den größten Spezialisten zusammengetroffen, die direkt oder indirekt mit der Welt des Geschmacks zu tun haben. Wer Koch ist, kann es nur voll und ganz sein, wenn er seine fünf Sinne mobilisiert. Ein Gericht muß ein Genuß sein für das Auge, für den Geruchsinn, den Geschmacksinn natürlich – aber auch für den Tastsinn, der bei so mancher Gelegenheit des Chefkochs Wahl beeinflußt und beim gastronomischen Fest seine Rolle spielt. Es stimmt zwar, daß das Gehör nicht so recht in die Runde zu passen scheint; aber man ißt nicht in der Stille, sowenig wie bei Klamauk, jeder Ton, der den Akt des Essens überlagert, trägt zum Genuß bei oder wirkt störend, so daß man von einer Mahlzeit wahrlich sagen kann, sie sei kinästhetisch. Ich mußte denn auch oft mit irgendwelchen Duftexperten speisen, die sich nach den Wohlgerüchen der Blumen von jenen verlocken ließen, die einer Küche entströmen.

Keine Nase wird an Feinheit jemals der von Tante Marthe gleichkommen. Die alte Mähre war nämlich, ohne daß sie es wußte, selber eine *Nase*, eine große, eine Super-Nase, die so unglaublich empfindlich war, daß sie, hätte man ihr die Gelegenheit geboten, jede Konkurrenz ausgestochen hätte. Diese ungehobelte Frau, beinahe Analphabetin, dieser Abschaum der Menschheit, die ihre Umgebung mit Modergeruch verpestete, hatte einen Garten mit paradiesischen Düften angelegt. In einem kunstvollen Kunterbunt von wilden Blumen, von Geißblatt, von alten Rosensorten, deren verblichener Farbton sachkundig erhalten wurde, prunkte ein mit leuchtenden Pfingstrosen und blauem Salbei übersäter Küchengarten mit den schönsten Salatköpfen der Gegend. Kaskaden von Petunien, Lavendelwäldchen, immergrüner Buchsbaum, eine uralte Glyzinie am Frontgiebel des Hauses: aus diesem arrangierten Wirrwarr trat das Beste ihrer selbst zutage, das weder der Schmutz, noch ihre ekelerregende Ausdünstung, noch die Schäbigkeit einer der Leere geweihten Existenz zu verschütten vermochten. Wie viele alte Frauen auf dem Land verfügen doch über ein außergewöhnliches intuitives Sensorium, das sie ganz in den Dienst ihrer Gärten, ihrer Kräutertränke oder Thymian-Kaninchenragouts stellen, und sterben als verkannte Genies, ohne daß jemand um ihre Begabung gewußt hat – denn wir erkennen meist nicht, daß das, was uns so nichtssagend, so lächerlich erscheint, ein chaotischer Garten mitten auf dem Land etwa, zu den schönsten Kunstwerken gehören kann. In diesem Traum von Blumen und Gemüse trat ich mit meinen gebräunten Füßen das dürre, dichte Gras des Gartens nieder und berauschte mich an den Wohlgerüchen.

Als erstes am Duft der Geranienblätter, die ich, zwischen den Tomaten und den grünen Erbsen auf dem Bauch liegend, ganz außer mir vor Lust zwischen den Fingern zerrieb: ein Blatt mit einer leichten Säure, in seiner essigartigen Frechheit hinreichend scharf, jedoch nicht genug, um nicht gleichzeitig an zartbittere kandierte Zitronen zu erinnern, mit einem Hauch vom bitteren Geschmack der Blätter der Tomatenstaude, von dem es zugleich die Unverschämtheit und das fruchtige Aroma bewahrt; das strömen die Geranienblätter aus, daran berauschte ich mich, den Bauch auf der Erde des Küchengartens und den Kopf in den Blumen, in die ich gierig wie ein Ausgehungerter meine Nase steckte. Oh wunderbare Erinnerungen an eine Zeit, als ich der Herrscher eines Reiches ohne Raffinessen war ... In Bataillonen, wie rote, weiße, gelbe oder rosa Legionen, die jedes Jahr Zuwachs von neuen Rekruten erhielten, bis sie in geschlossenen Reihen eine ganze Armee bildeten, erhoben sich in den vier Ecken des Hofes stolz die Nelken, und durch ein ungeklärtes Wunder knickten sie unter dem Gewicht ihres zu langen Stengels nicht ein, sondern überragten ihn prahlerisch mit jener wunderlichen, ziselierten Blumenkrone, die in ihrer gedrängten und verdrießlichen Gestalt unpassend wirkte und ringsum einen Puderduft verströmte, wie ihn die Schönen verbreiten, wenn sie am Abend zum Ball gehen ...

Vor allem war da die Linde. Riesig und unersättlich, drohte sie das Haus von Jahr zu Jahr mit ihrem weitverzweigten Astwerk zu verschlingen, das meine Tante partout nicht stutzen lassen wollte – man brauchte das Thema gar nicht erst anzuschneiden. Während der heißesten Stunden des Sommers wurde ihr aufdringliches Blätterdach zur wohlriechendsten aller Lauben. Ich setzte mich auf die wurmstichige kleine Holzbank, lehnte mich an den Stamm und sog in gierigen Zügen den Duft von reinem, samtenem Honig ein, der ihren blaßgoldenen Blüten entströmte. Eine Linde, die den Abend mit ihrem Duft durchtränkt, bedeutet ein Entzücken, das sich uns unauslöschlich einprägt, und erfüllt uns mit einer Lebenslust, mit einem Glücksgefühl, welche die Süße eines Juliabends allein nicht zu erklären vermag. Während ich in meiner Erinnerung in vollen Zügen einen Geruch einatme, den meine Nase schon lange nicht mehr gewittert hat, begreife ich schließlich, was seine Duftnote ausmachte; das Zusammenspiel von Honig und jenem so besonderen Geruch, den die Blätter an den Bäumen haben, wenn es lange heiß war und ihnen der Staub der schönen Tage anhaftet, das ist es, was dieses absurde, aber wundervolle Gefühl hervorruft, wir tränken ein Konzentrat des Sommers aus der Luft. Ach, die schönen Tage! Der Körper, von den Fesseln des Winters befreit, spürt endlich die Liebkosung der Brise auf der nackten Haut, die sich der Welt darbietet und ihr im Rausch einer wiedergefundenen Freiheit alle Poren öffnet. In der unbewegten, vom Summen unsichtbarer Insekten erfüllten Luft ist die Zeit stillgestanden ... Die Pappeln entlang der Treidelpfade singen im Wind eine Melodie aus sanftem, belaubtem Rauschen, zwischen Licht und schillerndem Schatten ... Eine Kathedrale, ja, eine Kathedrale aus grünem, mit Sonnensprenkeln durchsetztem Blattwerk umgibt mich mit ihrer unmittelbaren und klaren Schönheit ... Nicht einmal der Jasmin in den Straßen von Rabat, bei Einbruch der Nacht, hat in meiner Erinnerung so starke Bilder auszulösen vermocht. Ich folge der Spur eines Geschmacks, der mit der Linde verbunden ist … träge sich wiegende Äste, das verschwommene Bild einer Honig sammelnden Biene … Ich erinnere mich …

Sie hatte sie gepflückt, sie unter all den anderen, ohne einen Moment zu zögern. Ich habe inzwischen gelernt, daß Vortrefflichkeit genau darin, in dieser scheinbaren Leichtigkeit und Selbstverständlichkeit, besteht, wo wir doch wissen, daß dafür Jahrhunderte an Erfahrung, ein eiserner Wille und eine mönchische Disziplin notwendig sind. Woher hatte sie ihre Wissenschaft, Tante Marthe, eine Wissenschaft, die sich aus Hydrometrie, Sonnenbestrahlung, biologischem Reifungsprozess, Photosynthese, geodätischer Ausrichtung und so manchen anderen Faktoren zusammensetzte, die ich in meiner Unwissenheit nicht einmal aufzuzählen wage? Denn was der gewöhnliche Sterbliche aufgrund von Erfahrung und Überlegung weiß, wußte sie aufgrund ihres Instinkts. Mit ihrem scharfen Unterscheidungsvermögen überflog sie prüfenden Blickes den Küchengarten und nahm in einer Mikrosekunde, die sich der gängigen Zeiterfassung entzog, sein klimatisches Maß – und wußte. Sie wußte ebenso sicher und mit der gleichen Selbstverständlichkeit, mit der ich gesagt hätte: «Es ist schönes Wetter», wußte, welche jener kleinen, roten Kuppeln *jetzt* gepflückt werden mußte. In ihrer schmutzigen, von der Feldarbeit verunstalteten Hand lag sie, leuchtend rot in ihrer straffen, nur gerade von einigen weicheren Falten durchzogenen Seidenrobe; ihre gute Laune war ansteckend, die gute Laune einer leicht fülligen Frau, die in einem zu engen Festtagskleid steckt, diesen Makel jedoch mit ihrer entwaffnenden Molligkeit wettmacht, so daß einen eine unwiderstehliche Lust überkam, herzhaft hineinzubeißen. Zusammengesunken auf der Bank unter der Linde, erfüllt vom sanften Singsang der Blätter, erwachte ich von einer wollüstigen Siesta, und unter diesem Vordach aus süßem Honig biß ich in die Frucht, biß ich in die Tomate.

Als Salat, im Backofen, als Ratatouille, als Konfitüre, gebraten, gefüllt, eingelegt, klein wie Kirschen, groß und weich, grün und sauer, mit Olivenöl verfeinert, mit Grobsalz, Wein, Zucker, Paprika, zerquetscht, gehäutet, als Sauce, als Mus, als Schaum, als Sorbet sogar: Ich dachte, ich hätte sie in all ihren Varianten probiert und glaubte bei mehr als einer Gelegenheit, ihr Geheimnis ergründet zu haben, in Artikeln, die von den Speisekarten der Größten inspiriert waren. Wie idiotisch, wie armselig ... Ich habe Mysterien erfunden, wo es keine gab, und um ein gar klägliches Geschäft zu rechtfertigen. Was ist denn Schreiben schon, und mögen es auch brillante Artikel sein, wenn diese nichts über die Wahrheit sagen, weil sie so wenig ums Herz bemüht, so sehr der Lust zu glänzen unterworfen sind. Dabei kenne ich die Tomate seit jeher, seit Tante Marthes Garten, seit jenen Sommern, die das kleine, kümmerliche Gewächs mit einer immer glühenderen Sonne sättigten, seit damals, als ich mit meinen Zähnen eine Öffnung in ihre Haut riß, um meine Zunge mit einem lauwarmen, gehaltvollen Saft zu benetzen, dessen großzügige Natur durch die Kälte des Eisschranks, den Angriff des Essigs und den falschen Adel des Öls überdeckt wird. Zucker, Wasser, Frucht, Mark, flüssig oder fest? Die rohe Tomate, kaum gepflückt, im Garten verschlungen – das ist das Füllhorn der einfachen Empfindungen, ein im Mund zerstiebender Wasserfall, der ihre ganzen Freuden vereint. Der Widerstand der Haut, die sich gerade ein bißchen, gerade ausreichend spannt, das schmelzende Gewebe, diese kernenhaltige Flüssigkeit, die aus den Mundwinkeln fließt und die man abwischt ohne Angst, sich damit die Finger fleckig zu machen, diese fleischige kleine Kugel, die einen Schwall von Natur in uns ergießt: das ist die Tomate, das ist das Abenteuer.

Unter der hundertjährigen Linde, inmitten von Düften und Geschmäcken, biß ich mit dem undeutlichen Gefühl, auf eine entscheidende Wahrheit zu stoßen, in die von Tante Marthe ausgewählten schönen, leuchtendroten Früchte. Eine entscheidende Wahrheit, aber immer noch nicht diejenige, der ich an den Pforten des Todes nachjage. Wahrhaftig, an diesem Morgen leere ich den Kelch der Verzweiflung bis zur Neige, mich anderswohin zu verirren als dorthin, wohin mein Herz mich ruft. Die rohe Tomate, das ist es noch nicht … und da taucht auch schon eine andere rohe Speise auf.

Violette

Rue de Grenelle, Küche

Arme Madame. Sie so zu sehen, so todtraurig, sie weiß nicht einmal mehr was tun. Es geht ihm ja auch wirklich sehr schlecht … Ich habe ihn nicht wiedererkannt! Wie man sich in einem Tag verändern kann, es ist unglaublich – «Violette», hat Madame zu mir gesagt, «er will ein Gericht, verstehst du, er will ein Gericht, aber er weiß nicht welches». Ich habe nicht sofort begriffen. «Will er nun ein Gericht, Madame, oder will er keins?» «Er sucht, er sucht, was er gern möchte», hat sie mir geantwortet, «aber er findet es nicht.» Und sie hat die Hände gerungen, wie kann man sich nur so quälen wegen eines Gerichts, wenn man doch sterben wird, wenn ich morgen sterben sollte, also ich würde mich bestimmt nicht ums Essen kümmern!

Ich mache hier alles. Das heißt, fast alles. Als ich vor dreißig Jahren hierher kam, wurde ich als Putzfrau angestellt. Madame und Monsieur hatten gerade erst geheiratet, sie besaßen ein bißchen etwas, denke ich mir, aber wirklich nicht sehr viel. Gerade genug, um dreimal die Woche eine Putzfrau zu nehmen. Das Geld kam nachher, viel Geld, ich habe schon gesehen, daß es sehr schnell ging, und daß sie damit rechneten, es werde immer mehr geben, denn sie sind in diese große Wohnung umgezogen, die gleiche wie heute, und Madame hat eine ganze Menge Arbeiten in Angriff genommen, sie war sehr fröhlich, sie war glücklich, das sah man ihr an, und sie war so hübsch! Und als Monsieur sich dann eine komfortable Stellung geschaffen hatte, haben sie andere Dienstboten eingestellt, und mich hat Madame als «Gouvernante» behalten, besser bezahlt, ganztägig, um die anderen zu «überwachen»: die Putzfrau, den Butler, den Gärtner (wir haben zwar nur eine große Terrasse, aber der Gärtner findet immer etwas zu tun, er ist nämlich mein Mann, da gibt es natürlich immer eine Beschäftigung für ihn). Aber daß mir nur niemand auf die Idee kommt, das sei keine Arbeit! Ich renne den ganzen Tag herum, ich muß Aufstellungen und Listen machen, muß Befehle erteilen, und ohne mich wichtig machen zu wollen: Wenn ich nicht wäre, würde in diesem Haus offen gesagt gar nichts klappen.

Ich mag Monsieur. Ich weiß, er hat Fehler, und nur schon den, diese arme Madame so unglücklich gemacht zu haben, nicht erst heute, sondern von Anfang an, wie er immer fortging, wie er heimkam, ohne zu fragen, wie es ihr gehe, sie anschaute, als ob sie durchsichtig wäre und ihr Geschenke machte, wie man ein Trinkgeld gibt. Ganz zu schweigen von den Kindern. Ich frage mich, ob Laura wohl kommt. Früher, da habe ich geglaubt, daß sich alles einrenken würde, wenn er einmal alt wäre, daß er schließlich milder gestimmt würde, und dann die Enkelkinder, die versöhnen ja auch Eltern und Kinder, denen kann man nicht widerstehen. Sicher, Laura hat keine Kinder. Aber kommen könnte sie trotzdem …

Ich mag Monsieur aus zwei Gründen. Erstens, weil er immer höflich und nett zu mir war, und auch zu Bernard, meinem Mann. Höflicher und netter als zu seiner Frau und seinen Kindern. Er ist nun einmal so, er macht ein Getue, um zu sagen: «Guten Tag, Violette, wie geht es

Ihnen heute morgen? Geht es Ihrem Sohn besser?», während er seine Frau seit zwanzig Jahren nicht mehr grüßt. Das Schlimmste ist, daß er aufrichtig zu sein scheint mit seiner freundlichen, dröhnenden Baßstimme, er ist nicht überheblich, nein, kein bißchen, er ist immer ausgesucht höflich zu uns. Und er schaut mich an, er paßt auf, wenn ich ihm etwas sage, er lächelt, weil ich immer guter Laune bin, immer mit etwas beschäftigt, mich nie ausruhe, und ich weiß, daß er mir zuhört, wenn ich antworte, weil auch er mir antwortet, wenn ich ihm meinerseits die Frage stelle: «Und Sie, Monsieur, wie geht es Ihnen heute morgen?» – «Gut, gut, Violette, aber ich bin arg im Rückstand mit meiner Arbeit, sie erledigt sich leider nicht von alleine, ich muß gehen», und er zwinkert mir zu, bevor er im Flur verschwindet. Mit seiner Frau würde er das nicht machen. Er mag Leute wie uns, Monsieur, er hat eine Vorliebe für uns, das spürt man. Ich glaube, er fühlt sich wohler mit uns als mit all den Leuten aus der feinen Gesellschaft, mit denen er verkehrt: Man sieht zwar, daß es ihn freut, ihnen zu gefallen, ihnen zu imponieren, sie mit Wörtern zu füttern, ihnen zuzuschauen, wie sie ihm zuhören, aber er liebt sie nicht; es ist nicht seine Welt.

Der zweite Grund, warum ich Monsieur mag, ist … es ist ein bißchen schwierig zu sagen … nun … weil er im Bett furzt! Das erste Mal, als ich es gehört habe, begriff ich nicht, was ich gehört hatte, sozusagen … Und dann hat es sich wiederholt, es war morgens um sieben, es kam aus dem Korridor des kleinen Salons, wo Monsieur manchmal schlief, wenn er am Abend spät heimkam, eine Art Knall, päng, aber wirklich sehr laut, ich hatte noch nie so etwas gehört! Und dann begriff ich und prustete los, wie! Ich bog mich, ich hatte Bauchweh vor Lachen, ich war immerhin geistesgegenwärtig genug, in die Küche zu laufen, dort setzte ich mich auf die Bank, ich dachte, ich würde nie mehr zu Atem kommen! Seit diesem Tag war mir Monsieur sympathisch, ja, sympathisch, weil auch mein Mann im Bett furzt (wenn auch nicht gar so laut). Ein Mann, der im Bett furzt, hat meine Großmutter immer gesagt, ist ein Mann, der das Leben liebt. Und dann, ich weiß nicht: Es hat ihn mir nähergebracht ...

Ich weiß genau, was er will, Monsieur. Es ist kein Gericht, nichts zum Essen. Es ist die schöne blonde Dame, die vor zwanzig Jahren hierher kam, mit einem traurigen Ausdruck im Gesicht, eine sehr sanfte, sehr elegante Dame, die mich fragte: «Ist Monsieur zu Hause?» Ich antwortete: «Nein, aber Madame ist da.» Sie hob eine Braue, ich sah deutlich, daß sie überrascht war, und dann ging sie hastig davon, und ich habe sie nie mehr gesehen, aber ich bin sicher, daß zwischen ihnen etwas war, und wenn er seine Frau nicht liebte, kam es bestimmt daher, weil er der großen blonden Dame im Pelzmantel nachtrauerte.

Das Rohe

Rue de Grenelle, Zimmer

Vollendung bedeutet Rückkehr. Das ist der Grund, weshalb allein dekadente Zivilisationen dazu fähig sind: So ist in Japan, wo das Raffinement eine unübertroffene Perfektion erreicht hat, im Herzen einer jahrtausendealten Kultur, die der Menschheit ihr Bestes gegeben hat, als letzte Errungenschaft die Rückkehr zum Rohen möglich geworden. So hat man im alten Europa, das wie ich unaufhörlich seinem Ende entgegengeht, zum ersten Mal seit der Urgeschichte rohes Fleisch gegessen, mit nichts als einigen Gewürzen darauf.

Das Rohe. Wie leichtfertig zu meinen, es handle sich dabei lediglich um das barbarische Verschlingen von nicht zubereiteten Produkten! Einen rohen Fisch zerlegen, das ist, als behaue man einen Stein. Dem Laien erscheint der Marmorblock monolithisch. Er soll einmal versuchen, seinen Meißel aufs Geratewohl anzusetzen und mit dem Hammer darauf zu schlagen, das Werkzeug wird ihm aus den Händen fliegen, während der Stein intakt bleibt, seine Unversehrtheit bewahrt. Ein guter Steinmetz kennt sein Material. Er ahnt, wo die Kerbe, die schon da ist und nur darauf wartet, daß jemand sie zutage fördert, unter seinem Angriff nachgeben wird, und auf den Millimeter genau hat er schon erraten, wie die Figur, die nur Unwissende dem Willen des Bildhauers zuschreiben, Gestalt annehmen wird. Er enthüllt sie bloß – denn sein

Talent besteht nicht darin, Formen zu erfinden, sondern Formen, die unsichtbar waren, zum Vorschein zu bringen.

Die japanischen Köche, die ich kenne, sind erst nach langen Jahren einer Lehrzeit, in der die Kartographie des Fleisches allmählich in ihrer ganzen Klarheit hervortritt, zu Meistern in der Kunst des rohen Fischs geworden. Freilich besitzen manche schon die natürliche Gabe, unter ihren Fingern die Bruchlinien zu spüren, durch die das dargebotene Tier sich in jene köstlichen Sashimis verwandeln kann, die ein Experte aus dem Leib herauszulösen versteht, ohne daß sie nach Fisch riechen. Aber zu Künstlern werden sie trotzdem erst, nachdem sie diese natürliche Begabung bezwungen und gelernt haben, daß der Instinkt allein nicht genügt: Es braucht auch Geschick, um zu schneiden, Urteilsvermögen, um das Beste zu erkennen, und Charakter, um das Mittelmäßige auszuscheiden. Es kam vor, daß Tsuno, der König unter den Küchenchefs, aus einem riesigen Lachs nur ein kleines, scheinbar lächerliches Stück heraustrennte. Tatsächlich bedeutet auf diesem Gebiet die Weitschweifigkeit nichts, wird alles von der Vollendung diktiert. Ein Quentchen frische Materie, allein, nackt, roh: vollkommen.

Ich hatte ihn in seinem hohen Alter kennengelernt, als er sich aus seiner Küche zurückgezogen hatte und hinter der Bar hervor die Gäste beobachtete, ohne sich noch selbst um die Gerichte zu kümmern. Von Zeit zu Zeit, bei einer speziellen Gelegenheit oder zu Ehren eines besonderen Gastes, nahm er sein Werk wieder auf – doch ausschließlich für Sashimis. In den letzten Jahren waren diese an sich schon außergewöhnlichen Gelegenheiten immer seltener geworden, bis sie geradezu einzigartige Ereignisse darstellten.

Ich war damals ein junger Kritiker, der erst am Anfang seiner vielversprechenden Karriere stand, und kaschierte eine Arroganz, die als Anmaßung hätte gelten können und erst später als Kennzeichen meines Genies erkannt werden sollte. So hatte ich mich mit gespielter Demut allein an die Bar des Oshiri zu einem Abendessen gesetzt, von dem ich annahm, es werde ganz passabel sein. Ich hatte in meinem Leben noch nie rohen Fisch gegessen und erhoffte mir einen neuartigen Genuß davon. Nichts in meinem Werdegang hatte mich, den Gastronomienovizen, darauf vorbereitet. Ich führte nur das Wort «Boden» im Mund, ohne dessen Bedeutung zu verstehen – doch heute weiß ich, daß dieser «Boden» einzig durch die Legende unserer Kindheit existiert, und daß wir jene Welt von in der Erde verwurzelten Traditionen sowie die Identität eines Landstrichs nur erfinden, weil wir die magischen, auf ewig verflossenen Jahre, die dem Schrecken des Erwachsenwerdens vorangingen, verfestigen und faßbar machen wollen. Nur der besessene Wunsch, eine verschwundene Welt möge fortbestehen trotz der Zeit, die vergeht, vermag diesen Glauben an einen «Boden» zu erklären – es ist ein ganzes entschwundenes Leben, ein ganzes Konglomerat aus vereinzelten Geschmäcken, Gerüchen und Düften, was sich in den altüberlieferten Bräuchen, in den einheimischen Gerichten niederschlägt, diesen Schmelztiegeln einer trügerischen Erinnerung, die aus Sand Gold machen möchte und aus Zeit Ewigkeit. So gibt es keine große Küche ohne Entwicklung, ohne langsamen Zerfall und Vergessen, ganz im Gegenteil. Dadurch, daß sie einem ständigen Verarbeitungsprozeß unterworfen ist, in dem Vergangenheit und Zukunft, Hier und Anderswo, Rohes und Gekochtes, Salziges und

Süßes sich vermischen, ist die Küche zur Kunst geworden, und wenn sie weiterlebt, dann gerade deshalb, weil sie nicht in der Zwangsvorstellung jener erstarrt, die nicht sterben wollen.

Nach Cassoulet und Kohleintopf kam ich also praktisch ohne jede Erfahrung mit der japanischen Küche – wenn auch mit einigen Vorurteilen gegen sie – an die Bar des Oshiri, wo eine Batterie von Köchen am Werk war, die einen ganz hinten rechts auf einem Stuhl in sich zusammengesunkenen kleinen Mann beinahe verdeckten. Im Restaurant, das völlig schmucklos war, ein Raum von spartanischer Einfachheit mit primitiven Stühlen, herrschte das fröhliche Stimmengewirr der Orte, wo die Gäste mit dem Essen und dem Service zufrieden sind. Nichts Überraschendes. Nichts Besonderes. Warum hat er es getan? Wußte er, wer ich war, war der Name, den ich mir im kleinen Reich der Gastronomie zu machen begann, bis ans Ohr des blasierten alten Mannes gedrungen? Geschah es seinetwegen? Geschah es meinetwegen? Was bewirkt, daß ein Mann im fortgeschrittenen Alter, den nichts mehr erschüttern kann, die erlöschende Flamme in sich noch einmal neu entfacht und ihre lebendige Kraft für eine letzte Parade verbrennt? Worum geht es bei der Konfrontation zwischen dem scheidenden Meister und dem Eroberer, um Nachfolge, um Entsagung? Unergründliches Rätsel – nicht ein einziges Mal richtete er die Augen auf mich, außer am Schluß: leere, verwüstete, ausdruckslose Augen.

Als er sich von seinem armseligen Sitz erhoben hatte, hatte sich nach und nach eine bleierne Stille über das Restaurant gelegt. Zuerst über die Köche, die wie versteinert waren vor Verblüffung, und dann, als würde sich eine unsichtbare Welle unter den Anwesenden rasch ausbreiten, über die Gäste an der Bar und anschließend die Gäste im Raum bis hin zu jenen, die gerade hereinkamen und die Szene sprachlos verfolgten. Er hatte sich ohne ein Wort erhoben und war auf die mir gegenüberliegende Arbeitsfläche zugegangen. Derjenige, den ich schon als den Chef der Equipe erkannt hatte, verbeugte sich kurz, mit dieser von absoluter Ehrerbietung geprägten, für die asiatischen Kulturen so charakteristischen Geste, und wich mit den anderen langsam bis zum offenen Durchgang zurück, der in die Küche führte, überschritt die Schwelle jedoch nicht, sondern blieb dort unbeweglich, andächtig stehen. Meister Tsuno führte seine Komposition direkt vor mir aus, mit ruhigen Gesten von einer an Dürftigkeit grenzenden Sparsamkeit, doch ich sah unter seiner Handfläche in Perlmutt- und Moiréreflexen rosafarbige, weiße und graue Fleischstückchen entstehen und Form annehmen, und fasziniert wohnte ich dem Wunder bei.

Es war herrlich. Was da die Schranke meiner Zähne passierte, war weder Materie noch Wasser, sondern eine Substanz zwischen den beiden, die von ersterer eine dem Nichts trotzende Präsenz und Festigkeit bewahrt und von letzterem das Fließende und den wunderbaren Liebreiz übernommen hatte. Das echte Sashimi wird weder zerbissen noch zergeht es auf der Zunge. Es lädt zu einem langsamen und geschmeidigen Kauen ein, das nicht zum Zweck hat, die Natur der Speise zu verändern, sondern einzig dazu dient, deren ätherische Leichtigkeit zu genießen. Leichtigkeit, ja: nicht Weichheit und nicht Zartheit; das Sashimi, Samtstaub, fast schon Seide, trägt etwas von beiden in sich und bewahrt in der außerordentlichen Alchimie seines duftigen Wesens eine milchige Dichte, die die Wolken nicht haben. Der erste rosa Bissen, der in mir ein solch beglückendes Gefühl ausgelöst hatte, war Lachs, aber ich sollte noch den Goldbutt, die Jakobsmuschel und den Tintenfisch kennenlernen. Der Lachs ist fett und süß trotz seiner eigentlichen Magerkeit, der Tintenfisch streng und rigoros, zäh sein geheimes Netz von Fasern, die erst nach langem Widerstand unter den Zähnen reißen. Bevor ich es in den Mund nahm, betrachtete ich das merkwürdige gezahnte Stück, das von Rosa und Mauve durchzogen, an den Spitzen seiner gezackten Auswüchse jedoch fast schwarz war, packte es linkisch mit meinen ungeübten Eßstäbchen, empfing es dann auf der Zunge, die überrascht war über eine solche Dichte, und erschauerte vor Genuß. Zwischen den beiden, zwischen dem Lachs und dem Tintenfisch, die ganze Palette der Geschmacksempfindungen, aber immer noch dieses dichte Fließen, das den Himmel auf die Zunge zaubert und jedes Getränk, sei es Wasser, Kirin oder warmer Sake, überflüssig macht. Die Jakobsmuschel löst sich auf, kaum ist sie da, so leicht, so schmelzend ist sie, doch lange nachher noch erinnert sich der Gaumen an die innige Berührung; der Goldbutt schließlich, der zu Unrecht als der rustikalste von allen gilt, ist eine zitronenduftende Delikatesse, deren außergewöhnliche Beschaffenheit sich unter den Zähnen mit verblüffender Vollendung behauptet.

Das ist das Sashimi – ein dem Herzen zugängliches Stückchen Kosmos, doch ach so weit entfernt von jenem Duft oder Geschmack, der sich meinem Scharfblick entzieht oder meiner Unmenschlichkeit vielleicht … Ich habe geglaubt, die Erinnerung an dieses subtile Erlebnis, an diese rohe Speise, die so wenig mit der Barbarei der Tierverschlinger gemein hat, würde den Duft von Authentizität verströmen, der meine Erinnerung inspiriert, jene unbekannte Erinnerung, die ich verzweifelt zu fassen versuche … Krustentiere, schon wieder, immer noch: Vielleicht ist es nicht das richtige?

Chabrot

Rue de Bourgogne, Arztpraxis

Drei mögliche Wege.

Ein asymptotischer Weg: Hungerlohn, grüner Kittel, lange Bereitschaftdienste als Assistenzarzt, eine wahrscheinliche Karriere, der Weg der Macht, der Weg der Ehren. Professor der Kardiologie. Das öffentliche Krankenhaus, Aufopferung für die Sache, Liebe zur Wissenschaft: genau das, was es an Ehrgeiz, an Köpfchen und an Kompetenz braucht. Ich war bereit dafür.

Ein Mittelweg: der Alltag. Geld, viel Geld. Eine noble, düstere Patientenschar, depressive Bürgersfrauen, aufwendige alte Reiche, begüterte Rauschgiftsüchtige, Anginen, Grippen, andauernde und unergründliche Langeweile. Der Montblanc, den mir meine Frau jeweils zum 25. Dezember schenkt, gleitet über das Weiß des Rezeptes. Ich hebe den Kopf, setze im richtigen Moment ein Lächeln auf, ein bißchen Trost, ein bißchen Höflichkeitsbezeigungen, viel falsche Menschlichkeit, und erteile Madame Derville, der Gattin des Präsidenten der Anwaltskammer, für gutes Geld die Absolution von ihren Ängsten einer unheilbaren Hysterikerin.

Ein tangentialer Weg: die Seelen behandeln, nicht die Körper. Journalist, Schriftsteller, Maler, Graue Eminenz, hochwürdiger Akademiker, Archäologe? Irgend etwas, nur nicht die Paneelen meiner mondänen Arztpraxis, nur nicht die berühmte und luxuriöse Anonymität meiner Aufgabe als Heilender, in meiner Nobelstraße, in meinem Ministersessel …

Selbstverständlich: der Mittelweg. Und endlos sich in die Länge ziehende Jahre quälender Unzufriedenheit, inneren Aufruhrs, mal nagend, mal bissig, mal unterschwellig – aber immer gegenwärtig.

Gleich bei seinem ersten Besuch sah ich meine Rettung. Was ich, zu sehr von meinem Bürgerblut verdorben, um auf mein Bürgertum zu verzichten, nicht sein konnte, machte er mir zum Geschenk allein durch sein stillschweigendes Einverständnis, mein Patient zu sein, durch das bloße regelmäßige Aufsuchen meines Wartezimmers, durch seine banale Gefügigkeit als Patient ohne Geschichten. Später machte er mir großmütig ein anderes Präsent: seine Unterhaltung; Welten taten sich vor mir auf, deren Existenz ich bisher nicht einmal geahnt hatte, und was meine innere Flamme schon immer so glühend begehrt hatte, und was je zu erringen sie nicht mehr zu hoffen wagte, erlebte ich dank ihm, durch ihn.

Durch jemand anderen leben: Chefköche lancieren, ihr Totengräber sein, aus der Schlemmerei Wörter herausschälen, Sätze, Sprachsymphonien, und die überwältigende Schönheit der Gerichte freilegen; ein Meister sein, ein Führer, eine Gottheit; im Geist zu unerreichbaren Sphären vorstoßen, verstohlen in die Labyrinthe der Inspiration eindringen, die Vollendung streifen, das Genie berühren! Aber was ist denn nun erstrebenswerter? Sein armes kleines Leben als angepaßter Homo sapiens zu leben, ohne Sinn und ohne Salz, weil man zu schwach ist, um sich an die Zielsetzung zu halten? Oder, fast als Einbrecher, endlos die Ekstasen eines anderen auszukosten, der weiß, was er sucht, der seinen Kreuzzug schon begonnen hat und der, weil er ein Endziel hat, der Unsterblichkeit nahekommt?

Noch später dann eine andere großzügige Geste: seine Freundschaft. Und indem ich den Blick akzeptierte, den er auf mich richtete in der Intimität unserer Gespräche von Mann zu Mann, bei denen ich im Feuer meiner Leidenschaft für die Kunst zum Zeugen, zum Jünger, zum Beschützer und Verehrer in einem wurde, erntete ich hundertfach die Früchte meiner frei gewählten Unterordnung. Seine Freundschaft! Wer hat nicht von der Freundschaft mit einem Großen des Jahrhunderts geträumt, wer hat sich nicht gewünscht, den Helden zu duzen, den verlorenen Sohn zu umarmen, den großen Meister der kulinarischen Orgien? Seine Freundschaft! Seine Freundschaft und sein Vertrauen, und jetzt sogar das so wertvolle und zugleich schmerzliche Privileg, ihm seinen Tod anzukündigen … Morgen? In der Morgendämmerung? Oder diese Nacht? Diese Nacht … Auch meine Nacht, denn der Zeuge stirbt, wenn er nichts mehr bezeugen kann, der Jünger stirbt aus Gram über den Verlust, der Beschützer stirbt, weil er versagt hat, und der Verehrer schließlich stirbt, weil er einen Leichnam vergöttert, der dem Frieden der Kirchhöfe geweiht ist … Meine Nacht …

Doch ich bereue nichts, ich bekenne mich zu allem, weil er es war, und weil ich es war.

Der Spiegel

Rue de Grenelle, Zimmer

Er hieß Jacques Destrères. Es war ganz am Anfang meiner Karriere. Ich hatte eben einen Artikel über die Spezialität des Hauses Gerson beendet, den nämlichen, der alle in meinem Berufsstand geltenden Normen revolutionieren und mich ans Firmament der Gastronomiekritik befördern sollte. In der aufgeregten, aber zuversichtlichen Erwartung dessen, was geschehen würde, hatte ich bei meinem Onkel Zuflucht gesucht, dem ältesten Bruder meines Vaters, ein Junggeselle und Lebenskünstler, der bei der Familie als Original galt. Er hatte nie geheiratet, man hatte nie eine Frau auch nur an seiner Seite gesehen, so daß mein Vater ihn gar im Verdacht hatte, er sei «andersherum». Er hatte Erfolg gehabt mit seinen Geschäften und sich dann im reiferen Alter auf ein reizendes kleines Landgut nahe dem Wald von Rambouillet zurückgezogen, wo er friedliche Tage damit zubrachte, seine Rosenstöcke zu schneiden, seine Hunde spazierenzuführen, in Gesellschaft irgendwelcher ehemaliger Geschäftsfreunde eine Zigarre zu schmauchen und sich kleine Junggesellengerichte zusammenzubrauen.

Ich saß in seiner Küche und schaute ihm zu. Es war Winter. Ich hatte sehr früh bei Groers in Versailles zu Mittag gegessen und war danach in bester Stimmung über die kleinen verschneiten Straßen gefahren. Im Kamin knisterte ein gemütliches Feuer, und mein Onkel bereitete die

Mahlzeit zu. Die Küche meiner Großmutter hatte mich an eine laute und hektische Atmosphäre gewöhnt, in der inmitten von Pfannenscheppern, Butterbrutzeln und Messerklappern ein Mannweib in Trance herumtobte, dem allein seine lange Erfahrung eine Aura von Heiterkeit verlieh – von der Art, wie sie die Märtyrer in den Flammen der Hölle bewahren. Jacques dagegen tat alles mit Maß. Er beeilte sich nicht, doch da war auch keine Langsamkeit. Jede Bewegung kam zu ihrer Zeit.

Sorgfältig spülte er in einem kleinen silbrigen Sieb den thailändischen Reis, ließ ihn abtropfen, schüttete ihn in die Pfanne und bedeckte ihn mit eineinhalb Maß gesalzenem Wasser, deckte ihn zu, ließ ihn kochen. Die Garnelen lagen in einem Steingutgefäß. Während er sich mit mir unterhielt, hauptsächlich über meinen Artikel und meine Pläne, schälte er sie, sorgfältig, konzentriert. Nicht einen Augenblick beschleunigte er den Rhythmus, nicht einen Augenblick verlangsamte er ihn. Nachdem er den letzten kleinen Schnörkel aus seiner schützenden Schale gelöst hatte, wusch er sich mit einer Seife, die nach Milch roch, gewissenhaft die Hände. Mit der selben ruhigen Gleichmäßigkeit stellte er eine gußeiserne Bratpfanne auf den Herd, goß ein wenig Olivenöl hinein, ließ es erhitzen, streute die nackten Garnelen ins Öl. Geschickt kreiste die Holzkelle sie ein, ließ den kleinen Hörnchen keinen Ausweg, bedrängte sie von allen Seiten, brachte sie in der duftenden Pfanne zum Tanzen. Dann den Curry. Weder zuviel noch zuwenig. Ein sinnlicher Staub, der mit seinem exotischen Gold den zartrosa angehauchten Kupferton der Krustentiere noch schöner erscheinen ließ: der neu erfundene Orient. Salz, Pfeffer. Er schnippelte mit der Schere ein Büschel Koriander über das Ganze. Zum Schluß rasch einen Schuß Cognac, ein Streichholz; aus der Bratpfanne schoß eine lange, zänkische Flamme, wie ein Ruf oder ein Schrei, den man endlich herausläßt, ein wilder Seufzer, der so schnell verstummt, wie er aufgestiegen ist.

Auf dem Marmortisch warteten ein Teller aus Porzellan, ein Kristallglas, gediegenes Silberbesteck und eine bestickte Leinenserviette. Auf dem Teller richtete er mit dem Holzlöffel sorgfältig die Hälfte der Garnelen und den Reis an, den er vorher in einer winzigen Schale zusammengepreßt, als kleine, pausbäckige Kuppel gestürzt und mit einem Pfefferminzblatt gekrönt hatte. In das Glas goß er sich großzügig eine Flüssigkeit wie durchsichtiges Getreide.

«Darf ich dir ein Glas Sancerre einschenken?»

Ich schüttelte verneinend den Kopf. Er setzte sich zu Tisch.

Einen Imbiß. Das nannte Jacques Destrères einen Imbiß. Und ich wußte, daß er es ernst meinte, daß er sich auf diese Art jeden Tag liebevoll ein Häppchen Paradies zubereitete, daß er nicht um die Raffinesse seines einfachen Essens wußte, echter Feinschmecker, wahrer Ästhet gerade dadurch, daß keinerlei Inszenierung seinen Alltag prägte. Ohne selber die Speisen anzurühren, die er vor meinen Augen zubereitet hatte, sah ich ihm zu, wie er aß, mit der gleichen unbeteiligten und subtilen Sorgfalt aß, mit der er gekocht hatte, und diese Mahlzeit, die ich nicht probierte, ist eine der besten meines Lebens geblieben.

Kosten ist ein Akt der Lust, über diese Lust zu schreiben eine künstlerische Ausdrucksform, aber das einzige wahre Kunstwerk ist letztlich das Festmahl des anderen. Paul Destrères' Mahlzeit verkörperte dieses in seiner Vollendung, weil sie nicht meine Mahlzeit war, weil sie nicht ins Vorher und Nachher meines Alltags hineinreichte, und weil sie als geschlossene und eigenständige Einheit in meinem Gedächtnis haftenbleiben konnte, ein einzigartiger, außerhalb von Zeit und Raum geprägter Moment, eine von meinen Gefühlen befreite Perle meines Geistes. So, wie man einen Raum betrachtet, der sich in einem Zerrspiegel reflektiert und der zu einem Bild wird, weil er sich nicht mehr nach außen hin öffnet, sondern eine Welt ohne ein Anderswo vorgaukelt, die durch den Spiegelrahmen streng begrenzt wird und vom Leben ringsum abgeschnitten ist, so ist die Mahlzeit des anderen im Rahmen unserer Betrachtung eingeschlossen und befreit von der unendlichen Fluchtlinie unserer Erinnerungen und unserer Pläne. Ich hätte jenes Leben leben wollen, das der Spiegel oder Jacques' Teller mir suggerierte, ein Leben ohne Perspektiven, in denen sich die Möglichkeit, daß es zum Kunstwerk wird, verflüchtigt, ein Leben ohne Einst und Morgen, ohne Umgebung und Horizont: hier und jetzt, schön, vollständig, in sich geschlossen.

Und das ist es auch nicht. Was die großen Küchen meinem kulinarischen Genie eingegeben, was Jacques Destrères' Garnelen meiner Intelligenz vermittelt haben, bringt meinem Herzen keine Erkenntnis. Schwermut. Schwarze Sonne.

Die Sonne …

Gégène

Ecke Rue de Grenelle und Rue du Bac

Du und ich, wir sind aus dem gleichen Holz geschnitzt.

Es gibt zwei Gattungen von Passanten. Zuerst die häufigere, in der es allerdings auch Nuancen gibt. Leute dieser Sorte schauen mir nie ins Gesicht oder höchstens flüchtig, wenn sie mir das Geldstück geben. Manchmal lächeln sie schwach, aber immer ein bißchen verlegen, und machen sich dann schleunigst davon. Oder sie bleiben gar nicht stehen und gehen so schnell als möglich vorüber, mit ihrem schlechten Gewissen, das sie hundert Schritte weit plagt – fünfzig vorher, wenn sie mich von weitem bemerkt haben und schleunigst den Kopf auf die andere Seite schrauben, bis dieser, fünfzig Meter nach der zerlumpten Gestalt, seine gewohnte Beweglichkeit wiedererlangt –, und danach vergessen sie mich, atmen wieder frei, und der Stich von Mitleid und Scham, den sie im Herzen verspürt haben, ist allmählich wieder vergessen. Ich weiß genau, was sie am Abend beim Nachhausekommen sagen, sofern sie sich noch daran erinnern, in einem Winkel ihres Unterbewußtseins: «Schrecklich, es gibt immer mehr, es zerreißt mir das Herz, ich gebe, natürlich, aber nach dem zweiten höre ich auf, ich weiß, es ist willkürlich, es ist furchtbar, aber man kann nicht dauernd geben, wenn ich an die Steuern denke, die wir bezahlen, es sollte nicht an uns sein, zu geben, der Staat ist nachlässig, der Staat ist es, der seine Rolle nicht spielt, ein Glück, daß wir eine linke Regierung haben, sonst wäre es noch schlimmer, also gut, was gibt es zu essen heute abend, Teigwaren?»

Die können mich mal. Und da bin ich noch höflich. Ich pfeife auf sie, diese Spießbürger, die den Sozi raushängen, die auf zwei Hochzeiten tanzen wollen, das Abonnement im Theater Châtelet und die Armen vom Elend erretten, den Tee bei Mariage und die Gleichheit der Menschen auf Erden, ihren Urlaub in der Toskana und die Gehsteige von den Stacheln in ihrem Gewissen geräumt, die Putzfrau schwarz bezahlen und ein offenes Ohr für ihre Tiraden als selbstlose Verteidiger. Der Staat, der Staat! Der Staat, das ist das ungebildete Volk, das den König verehrt und allein die unfähigen, korrupten Minister für all die Übel verantwortlich macht, unter denen es zu leiden hat; das ist der Pate, der zu seinen Schergen sagt: «Der Mann sieht schlecht aus» und nicht wahrhaben will, daß er mit dieser Andeutung dessen Hinrichtung befiehlt; das sind der schikanierte Sohn, die malträtierte Tochter, die die Sozialarbeiterin beschimpfen, wenn sie von den Rabeneltern Rechenschaft verlangt! Der Staat! Was hat der Staat doch für einen breiten Rücken, wenn es darum geht, einen anderen anzuklagen, der niemand anderer ist als man selbst!

Und dann ist da die andere Gattung. Die Gattung der Bestien, der echten Schweine, die den Schritt nicht beschleunigen, den Blick nicht abwenden, die mich mit ihrem kalten und mitleidlosen Blick fixieren, Pech für dich, mein Freund, kratz ab, wenn du nicht zu kämpfen verstehst, keine Nachsicht für das Gesindel, für den Pöbel, der wie Untermenschen in seinen Kartons dahinvegetiert, kein Pardon, entweder man gewinnt oder man verliert, und wenn du meinst, ich schäme mich für mein Geld, dann täuschst du dich gewaltig.

Zehn Jahre lang ging er Morgen für Morgen, wenn er aus seinem Palazzo kam, mit dem gemessenen Schritt des zufriedenen Reichen an mir vorüber, hielt meiner Bitte mit einem Blick voll stummer Verachtung stand.

Wenn ich er wäre, würde ich es gleich machen. Man muß nicht meinen, alle Penner seien Sozis und die Armut mache einen zum Revolutionär. Und da er anscheinend krepieren wird, sage ich ihm: «Krepier, mein Alter, krepier an all dem Geld, das du mir nicht gegeben hast, krepier an deinen stinkfeinen Suppen, krepier an deinem Leben als Mächtiger, aber freuen werde ich mich nicht darüber. Du und ich, wir sind aus dem gleichen Holz geschnitzt.»

Das Brot

Rue de Grenelle, Zimmer

Keuchend, außer Atem, mußten wir den Strand verlassen. Schon war mir die Zeit köstlich kurz und lang zugleich erschienen. Die Küste, an dieser Stelle ein langer, sich träge dahinziehender Sandbogen, den jedoch die Wellen gierig beleckten, erlaubte die kühnsten Badefreuden, gefahrlos und damit um so wonnevoller. Seit dem Morgen tauchten wir mit meinen Cousins unermüdlich unter den Brechern durch oder schwangen uns auf ihren Kamm, atemlos, trunken von diesem endlosen Auf und Nieder, und kehrten nur zum allgemeinen Sammelpunkt, dem Sonnenschirm der Familie, zurück, um ein Beignet oder ein paar Trauben hinunterzuschlingen, bevor wir schnurstracks wieder zum Ozean stürmten. Bisweilen ließ ich mich jedoch in den heißen, knisternden Sand fallen, wo ich augenblicklich in einem stumpfsinnigen Wohlgefühl erstarrte und mir gerade noch der Betäubung meines Körpers und der so typischen Strandgeräusche, Gemisch aus Mövengekreisch und Kinderlachen, bewußt war – ein Moment innigen Behagens in diesem so einzigartigen Glücksrausch. Doch die meiste Zeit ließ ich mich im Wasser treiben, tauchte auf, tauchte unter in der flüssigen, wogenden Masse. Kindlicher Überschwang: Wie viele Jahre verbringen wir damit, jene glühende Begeisterung zu vergessen, mit der wir jedes uns Lust verheißende Tun erfüllten? Welch unbedingte Einsatzbereitschaft, welcher

Jubel, welche bezaubernden lyrischen Höhenflüge sind uns doch abhanden gekommen! In jenen Tagen am Meer steckte soviel Frohlocken, soviel Einfachheit … an deren Stelle leider gar schnell die immer größere Schwierigkeit getreten ist, Lust zu empfinden …

Gegen ein Uhr brachen wir auf. Die Rückfahrt nach Rabat, ein Dutzend Kilometer weit, in der Bruthitze des Autos, ließ mir Muße, die Küste zu bewundern. Ich konnte mich nicht satt sehen an ihr. Später, als junger Mann, als ich dieser marokkanischen Sommer beraubt war, rief ich bisweilen die kleinsten Details der Strecke in mein Gedächtnis zurück, vom Strand von Sables d'Or bis zur Stadt, und in Hochstimmung ließ ich minutiös jene Straßen und Gärten wieder an mir vorüberziehen. Es war eine schöne Strecke, die sich an manchen Stellen hoch über dem Atlantik dahinzog; hinter Oleanderbüschen verborgene Villen ließen zuweilen in der falschen Transparenz eines kunstvoll gearbeiteten Gitters das sonnige Leben erahnen, mit dem sie erfüllt waren; die ockergelbe Festung weiter vorn, die über einem smaragdgrünen Meer thronte und von der man mir erst viel später erzählte, daß sie ein äußerst düsteres Gefängnis sei; dann der kleine Strand von Temara, vom offenen Meer abgeschnitten, von Wind und Strudeln geschützt, den ich mit der Geringschätzung dessen maß, der am Meer nur seine aufgewühlte Oberfläche und seinen Aufruhr liebt; der nächste Strand, zu gefährlich, als daß man dort hätte baden können, darauf verstreut einige verwegene Fischer mit von Wellen umspülten braunen Beinen, die der Ozean in einem wütenden Tosen verschlingen zu wollen schien; dann die unmittelbare Umgebung der Stadt, mit dem Souk voller Schafe und heller Zeltbahnen, die im Wind knatterten, mit den von Menschen wimmelnden Vororten, fröhlich laut, arm, aber gesund in der jodhaltigen Luft. Sand klebte mir an den Knöcheln, meine Wangen brannten, ich wurde ganz schlapp in der Hitze der Fahrkabine und ließ mich vom singenden und gleichzeitig so aggressiven Klang des Arabischen einlullen, von dem ich durch das offene Fenster unverständliche Fetzen erhaschte. Süßester aller Leidenswege: Jeder, der einen Sommer am Meer verbracht hat, kennt das, diese lästige Notwendigkeit *heimzukehren*, das Wasser verlassen zu müssen und wieder an Land zu gehen, die Unannehmlichkeit, wieder schwer zu werden und zu schwitzen – jeder kennt das, hat es gehaßt und erinnert sich später daran wie an einen gesegneten Augenblick. Ferienrituale, unwandelbare Empfindungen: Salzgeschmack in den Mundwinkeln, schrumplige Finger, heiße, trockene Haut, am Kopf klebende Haare, aus denen es noch den Hals hinabtropft, kurzer Atem, wie schön war es, wie einfach … Zu Hause angekommen, stürzen wir unter die Dusche, aus der wir glänzend, mit geschmeidiger Haut und schmiegsamem Haar wieder herauskamen, und der Nachmittag begann mit einer Mahlzeit.

Wir hatten sie an einer kleinen Bude vor den Stadtmauern gekauft und sorgfältig in Zeitungspapier eingewickelt, bevor wir wieder ins Auto stiegen. Ich betrachtete sie aus den Augenwinkeln, noch zu benommen, um ihre Gegenwart zu genießen, jedoch beruhigt zu wissen, daß sie da war, für «nachher», für den «Mittag». Seltsam … daß die Erinnerung an Brot, die sich mir am tiefsten eingeprägt hat und die am Tag meines Sterbens wieder emportaucht, gerade die Erinnerung an die marokkanische *Kesra* ist, jene hübsche abgeflachte Kugel, die ihrer Konsistenz nach dem Kuchen näher ist als der Baguette, stimmt mich schon etwas nachdenklich. Wie dem auch sei: Geduscht und angezogen, in der Glückseligkeit, nach dem Strand einen Nachmittag mit Flanieren in der Medina vor mir zu haben, setzte ich mich zu Tisch, biß von der ansehnlichen Scheibe, die meine Mutter mir hinstreckte, erobernd ein erstes Stück ab, und in der duftig goldenen, warmen Nahrung fand ich die Konsistenz des Sandes wieder, seine Farbe und seine freundliche Gegenwart. Brot, Sand: zwei verwandte Arten von Wärme, zwei verbündete Reize; jedesmal wird unsere Wahrnehmung von einer ganzen Welt rustikaler Glücksgefühle überwältigt. Zu Unrecht behauptet man, die Erhabenheit des Brotes bestehe darin, daß es sich selbst genüge und gleichzeitig alle anderen Gerichte begleite. Wenn das Brot sich selbst genügt, dann deshalb, weil es mannigfaltig ist, nicht, was die verschiedenen Sorten anbelangt, sondern mannigfaltig in seinem eigentlichen Wesen, denn das Brot ist reich, ist mehrere, ist ein Mikrokosmos. In ihm vermengt sich eine betäubende Vielfalt, wie eine Welt in Miniature, die vom ersten bis zum letzten Bissen ihren Facettenreichtum enthüllt. Der Angreifer, der als erstes auf den Wall der Rinde stößt, ist, kaum hat er diese Schranke überwunden, verblüfft über die Zustimmung, die er im frischen, weichen Inneren findet. Es ist eine solche Kluft zwischen der rissigen Kruste, hart wie Stein bisweilen, dann wieder lediglich ein Putz, der der Offensive nicht lange standhält, und der Zartheit der inneren Substanz, die sich schmeichelnd und gefügig gegen die Wangen kuschelt, daß man beinahe aus der Fassung gerät. Durch jedes Spältchen in dieser Kruste sickert Ländlichkeit: Es ist wie Feldarbeit, man denkt unvermittelt an den Bauern in der Abendbrise; an den Kirchturm im Dorf, es hat eben sieben geschlagen; der Bauer trocknet sich mit dem Jakkenkragen die Stirn; das Tagwerk ist getan.

Am Schnittpunkt von Rinde und weichem Inneren dagegen nimmt vor unserem geistigen Auge eine Mühle Gestalt an; Getreidestaub wirbelt um den Mühlstein, die Luft ist ein einziger mehliger Dunst; und wieder ein Szenenwechsel, denn eben hat sich der Gaumen die von ihrem Panzer befreite, wabenartig luftige Masse angeeignet, und die Arbeit der Kiefer kann beginnen. Es ist zwar Brot, und doch ißt es sich wie Kuchen; aber anders als beim Backwerk oder auch beim Frühstücksgebäck, führt das Brotkauen zu einem überraschenden Ergebnis, einem ... klebrigen Ergebnis. Der wieder und wieder gekaute Krumenklumpen muß sich am Schluß zu einer pappigen Masse zusammenballen, die so kompakt ist, daß keine Luft eindringen kann; Brot pappt, ja, genau, es pappt. Wer es nie gewagt hat, mit Zähnen, Zunge, Gaumen und Wangen das Innere des Brotes ausgiebig durchzukneten, hat auch nie erschauernd das mitreißende Ungestüm des Klebrigen in sich gespürt. Es ist nicht mehr Brot, nicht mehr sein weiches Inneres, nicht mehr Kuchen, was wir da kauen, es ist etwas uns Anverwandtes, von einem Geschmack, wie ihn unsere innersten Gewebe wohl haben, was wir mit unserem erfahrenen Mund so bearbeiten, während sich Speichel und Hefe in einer undurchsichtigen Bruderschaft verbinden.

Wir saßen um den Tisch herum und kauten alle gewissenhaft und schweigend. Es gibt wirklich seltsame Gemeinschaften. Weit entfernt von den Riten und dem Prunk der Messen in der Kirche, fernab der religiösen Handlung, in der wir das Brot brechen und dem Himmel dafür danksagen, waren wir gleichwohl in einer heiligen Kommunion vereint, die uns, ohne daß wir es wußten, einer höheren, entscheidenden Wahrheit zuführte. Und wenn einige von uns, sich dieser mystischen Oration undeutlich bewußt, dies auch leichthin dem Genuß zuschrieben, beisammen zu sein und in der Geselligkeit und der Entspannung der Ferien einen geheiligten Leckerbissen zu teilen, wußte ich doch, daß sie der Täuschung nur erlagen, weil es ihnen an Worten und an der Einsicht fehlte, um eine solche Erhebung auszudrücken und zu erklären. Provinz, Ländlichkeit, Lebensfreude und organische Elastizität: All das ist im Brot enthalten, im Brot von hier wie im Brot von anderswo. Das macht aus ihm auch zweifellos das ideale Instrument, mit dem wir uns in uns selbst hineintreiben lassen, auf der Suche nach uns selbst.

Nach diesem ersten appetitanregenden Kontakt stellte ich mich der nächsten Schlacht. Frische Salate – man ahnt nicht, was in kleine und regelmäßige Würfel geschnittene und nur gerade mit Koriander gewürzte Karotten und Kartoffeln ihren grob zugeschnittenen Artgenossen an Geschmack voraushaben –, lukullische Tajines: Ich leckte mir genüßlich die Lippen und schlug mir den Bauch voll wie ein Engel, ohne Gewissensbisse oder Reue. Aber mein Mund vergaß nicht, mein Mund erinnerte sich, dass er dieses Festmahl im ausgelassenen Spiel seiner Kiefer mit dem weißen, weichen Brot eröffnet hatte, und wenn ich, um diesem meine Dankbarkeit zu beweisen, später auch ein Stück in meinen Teller tunkte, der noch voller Sauce war, so wußte ich doch genau, daß mein Herz nicht mehr dabei war. Mit dem Brot ist es wie mit allem anderen, was zählt, ist das erste Mal.

Ich erinnere mich an die blumengeschmückte Üppigkeit des Teesalons der Houdayas, von wo aus wir Salé und das Meer betrachteten, in der Ferne, am Unterlauf des Flusses, der die Stadtmauern entlang floß; an die bunten Gäßchen der Medina; an den Jasmin, der sich wie Stromschnellen über die Mauern der kleinen Höfe ergoß, Reichtum der Armen, so weit entfernt vom Luxus der abendländischen Parfümeure; an das Leben unter der Sonne schließlich, das nicht dasselbe ist wie anderswo, denn wenn man draußen lebt, erfaßt man den Raum auf eine andere Art … und an das Fladenbrot, dieses hinreißende Ständchen an die Sinnenfreuden. Ich spüre, ich spüre genau, daß ich ganz nah dran bin. In dem, was ich suche, ist etwas von alledem enthalten. Etwas, aber es ist noch nicht ganz das … Brot … Brot … Doch was sonst? Von was sonst als von Brot lebt der Mensch auf dieser Welt?

Lotte

Rue Delbet

Immer habe ich ihr gesagt: Ich will nicht hingehen, ich mag Granny, aber Granpy mag ich nicht, er macht mir Angst, er hat kohlschwarze große Augen, und er freut sich gar nicht, uns zu sehen, kein bißchen. Darum ist es auch komisch heute. Für einmal möchte ich nämlich gern hingehen, ich möchte Granny sehen und auch Rick, und jetzt will Mama nicht, sie sagt, Granpy sei krank, und wir würden ihn stören. Granpy krank? Das ist nicht möglich. Jean ist krank, ja, sehr krank, aber das macht nichts, ich bin gern mit ihm zusammen, ich mag es, wenn wir im Sommer zusammen Kieselsteine suchen, er nimmt einen Kiesel, schaut ihn an, und dann erfindet er eine Geschichte, wenn es ein großer runder ist, ist es ein Mann, der zu viel gegessen hat, und jetzt kann er nicht mehr gehen, er rollt und rollt, oder wenn es ein kleiner flacher ist, dann ist man auf ihn draufgetreten, und flutsch, wie ein Eierkuchen, lauter solche Geschichten.

Granpy hat mir nie Geschichten erzählt, nie, er mag Geschichten nicht, er mag Kinder nicht, und er mag Lärm nicht, ich erinnere mich, in Rüdgrenell, da spielte ich einmal artig mit Rick und Anaïs, der Tochter von Pauls Schwester, es war lustig, und er drehte sich nach uns um, er warf mir einen bösen Blick zu, also *wirklich* böse, ich hatte Lust zu weinen und mich zu verstecken, ich hatte überhaupt keine Lust mehr zu lachen, und er sagte zu Granny, aber ohne sie anzusehen: «Man soll sie zum Schweigen bringen.» Da machte Granny ihr trauriges Gesicht, sie antwortete nichts, sie kam zu uns und sagte: «Kommt, Kinder, wir gehen in den kleinen Park spielen, Granpy ist müde.» Als wir zurückkamen vom Park, war Granpy fortgegangen, wir haben ihn nicht mehr gesehen, wir aßen mit Granny und mit Mama Abendbrot, und mit Adèle, Pauls Schwester, und es war wieder lustig, aber ich sah genau, daß Granny traurig war.

Wenn ich Mama Fragen stelle, sagt sie immer nein, nein, alles sei in Ordnung, das seien Erwachsenenprobleme, ich brauche mir deswegen keine Sorgen zu machen, und sie habe mich ganz fest lieb. Das weiß ich. Aber ich weiß auch viele andere Dinge. Ich weiß, daß Granpy Granny nicht mehr lieb hat, daß Granny sich selbst nicht mehr lieb hat, daß Granny Jean mehr lieb hat als Mama oder Laura, aber daß Jean Granpy haßt und daß Granpy von Jean angeekelt ist. Ich weiß, daß Granpy denkt, Papa sei ein Dummkopf. Ich weiß, daß Papa Mama böse ist, weil sie Granpys Tochter ist, aber auch, weil sie mich gewollt hat und er keine Kinder haben wollte, oder wenigstens noch nicht; ich weiß auch, daß Papa mich ganz fest lieb hat und daß er Mama vielleicht böse ist, weil er mich so lieb hat, wo er mich doch gar nicht gewollt hat, und ich weiß, daß Mama mir manchmal ein wenig böse ist, weil sie mich gewollt hat, wo doch Papa nicht wollte. Ja, ja, das alles weiß ich. Ich weiß, daß alle unglücklich sind, weil niemand die Person lieb hat, die er sollte, und daß sie nicht begreifen, daß sie vor allem auf sich selber böse sind.

Man meint immer, Kinder wissen nichts. Ich frage mich, ob die Erwachsenen überhaupt auch einmal Kinder waren.

Der Bauernhof

Rue de Grenelle, Zimmer

Ich war schließlich bei jenem schmucken Bauernhof an der Côte de Nacre gelandet, nachdem ich zwei Stunden lang vergeblich versucht hatte, einen gastronomischen Landgasthof ausfindig zu machen, von dem man mir gesagt hatte, er befinde sich in der Umgebung von Colleville und des amerikanischen Friedhofs. Ich habe diesen Teil der Normandie immer geliebt. Nicht wegen seines Cidre, seiner Äpfel, seiner Sahne oder seiner mit Calvados flambierten Hähnchen, sondern seiner riesigen Strände wegen, deren sandiger Uferstreifen bei Ebbe bis weit hinaus offen daliegt und wo ich wirklich verstanden habe, was der Ausdruck «zwischen Himmel und Erde» bedeutet. Ich machte einen langen Spaziergang auf der Omaha Beach, ein bißchen benommen von der Einsamkeit und Weite, ich beobachtete die Möwen und die auf dem Sand umherstreunenden Hunde, hielt schützend eine Hand vor die Augen, um einen Horizont abzusuchen, an dem ich nichts entdeckte, und fühlte mich glücklich und zuversichtlich, neu belebt durch diese stille Eskapade.

An jenem Morgen, einem schönen, klaren und frischen Sommermorgen, war ich in zunehmend schlechterer Laune auf der Suche nach meinem Landgasthof umhergeirrt, hatte mich in unwahrscheinlichen Hohlwegen verfahren und auf meiner Fahrt nichts als widersprüchliche Auskünfte erhalten. Ich bog schließlich in ein Sträßchen ein, das als Sackgasse im Hof eines der steinernen Bauernhäuser endete, wie sie für die Gegend typisch sind, mit einem von einer imposanten Glyzinie überwachsenen Portalvorbau, Fenstern, die hinter roten Geranien fast verschwanden, und frisch in Weiß gestrichenen Läden. Vor dem Haus, im Schatten einer Linde, war ein Tisch gedeckt, an dem fünf Leute (vier Männer und eine Frau) ihr Mittagessen beendeten. Sie kannten die Adresse nicht, die ich suchte. Als ich mich nach einem nicht allzu weit entfernten Ort erkundigte, wo ich in Ermangelung eines Besseren essen könnte, zogen sie mit einem Anflug von Verachtung die Luft ein. «Man ißt besser zu Hause», sagte einer der Männer mit einem Gesicht, das Bände sprach. Derjenige, der meiner Meinung nach der Herr des Hauses war, stützte sich mit einer Hand aufs Autodach, beugte sich zu mir herunter und schlug mir ohne weitere Umstände vor, ihr einfaches Mahl zu teilen. Ich nahm an.

Unter der Linde sitzend, die einen so starken Duft verströmte, daß ich darüber fast keinen Hunger mehr verspürte, hörte ich ihnen zu, wie sie sich bei Kaffee und Calvados unterhielten, während die Bäuerin, eine rundliche junge Frau mit liebenswerten Grübchen auf beiden Seiten der Mundwinkel, mich lächelnd bediente.

Vier kalte, gesalzene Austern, ohne Zitrone, ohne Gewürze. Langsam hinuntergeschluckt, gesegnet für das herrische Eis, mit dem sie meinen Gaumen überzogen. «Es bleiben nur noch diese hier übrig, es hatte eine ganze Menge davon, zwölf Dutzend, aber wenn das Mannsvolk von der Arbeit kommt, mag es halt was essen.» Sie lachte leise. Vier schlichte Austern. Vollkommener Auftakt ohne

Zugeständnisse, königlich in seiner derben Schlichtheit. Ein Glas trockener Weißwein, eisgekühlt, fruchtig raffiniert – «ein Saché, wir haben einen Vetter in der Touraine, von dem wir ihn günstig bekommen!»

Einstimmen des Gaumens. Die Männer neben mir unterhielten sich mit einer unglaublichen Redseligkeit über Autos. Über solche, die fahren. Solche, die nicht fahren. Solche, die aufbegehren, bocken, sich sträuben, knattern, keuchen, kaum einen Hang hinauf kommen, in den Kurven ausbrechen, rattern, qualmen, stottern, husten, sich sperren, rebellieren. Die Erinnerung an einen besonders störrischen Simca 1100 beansprucht für sich allein das Privileg einer langen Tirade. Eine echte Kanaille, die selbst mitten im Sommer an den Arsch fror. Sie nicken alle entrüstet.

Zwei feine Scheiben geräucherter Rohschinken, seidig in ihren träge fließenden Falten, gesalzene Butter, ein angeschnittener Laib Brot. Eine Überdosis zartschmelzender Robustheit: unwahrscheinlich, aber köstlich. Ein weiteres Glas des selben Weißen, der mich durch die ganze Mahlzeit begleiten wird. Spannender, einschmeichelnder, betörender Auftakt.

«Ja, der Wald ist voll davon», antwortet man mir auf meine höfliche Frage, ob es Wild gebe in der Gegend. «Übrigens», sagt Serge (da ist auch ein Claude und ein Christian, der Hausherr, aber es gelingt mir nicht, dem letzten einen Namen zu geben), «passieren oft Unfälle deswegen.»

Ein paar dicke grüne Spargeln, umwerfend zart. «Um Ihnen das Warten zu verkürzen, während ich den Rest aufwärme», beeilt sich die junge Frau zu sagen, da sie wohl meint, ich wundere mich über ein so kärgliches Hauptgericht. «Aber nein doch», versichere ich ihr, «es ist ganz großartig.» Erlesener Farbton, ländlich, fast bukolisch. Sie errötet und verschwindet lachend.

Um mich herum geht das Gespräch über das Wild, das im Wald unerwartet die Straßen überquert, munter weiter. Es ist von einem gewissen Germain die Rede, der eines Nachts ein abenteuerlustiges Wildschwein anfährt, es in der Dunkelheit für tot hält, in den Kofferraum verfrachtet («stellt euch vor, eine solche Gelegenheit!»), weiterfährt, während das Tier langsam zu sich kommt und im Kofferraum zu rumoren («im Koffer zu rummeln») beginnt, mit beharrlichen Püffen seines Rüssels das Auto ramponiert und auf Nimmerwiedersehen verschwindet. Sie lachen wie kleine Jungen.

Die «Reste» (man könnte damit ein Regiment ernähren) einer Poularde. Jede Menge Sahne und Speckstückchen, eine Prise schwarzer Pfeffer, Kartoffeln, die, wie ich errate, aus Noirmoutier kommen – und kein Gramm Fett.

Das Gespräch ist vom ursprünglichen Thema abgekommen und folgt den verschlungenen Mäandern der einheimischen Alkoholsorten. Die guten, die weniger guten, die entschieden ungenießbaren; die unerlaubten Tropfen, die zu stark vergorenen Cidres aus faulen, schlecht gewaschenen, schlecht zerstampften, schlecht aufgelesenen Äpfeln, die Calvados vom Supermarkt, die eher nach Sirup schmecken, und dann auch die echten Calvados, die bren-

nen wie der Teufel, aber im Gaumen ihr Aroma hinterlassen. Der Tropfen eines famosen Père Joseph löst schallendes Gelächter aus: ein Desinfektionsmittel, ja, aber bestimmt kein Verdauungstrank!
«Es ist zu dumm», sagt die junge Frau, die nicht mit dem gleichen Akzent spricht wie ihr Mann, «ich habe keinen Käse mehr, ich muß heute Nachmittag einkaufen gehen.»

Ich erfahre, daß der Hund von Thierry Coulard, ein gutes Tier, das für seine Enthaltsamkeit bekannt ist, sich eines Tages dazu hinreißen ließ, eine kleine Pfütze unter dem Faß aufzulecken, worauf er, sei es aus Verzückung, sei es aufgrund der Alkoholvergiftung, auf der Stelle stocksteif zu Boden fiel und den Klauen des Todes nur dank einer außergewöhnlichen Konstitution entronnen ist. Sie halten sich die Seiten vor Lachen, ich komme nur mühsam wieder zu Atem.

Ein Apfelkuchen, feiner, mürber, knuspriger Teig, goldbraune Früchte, anmaßend unter dem diskreten Karamel der Zuckerkristalle. Ich trinke die Flasche aus. Um fünf Uhr bringt sie mir den Kaffee mit dem Calvados. Die Männer stehen auf, klopfen mir auf den Rücken, sagen, sie gehen jetzt zur Arbeit, und wenn ich heute Abend da sei, würden sie sich freuen. Ich umarme sie wie Brüder und verspreche, eines Tages mit einer guten Flasche wiederzukommen.

Unter dem uralten Baum des Bauernhofs von Colleville, in Begleitung von Wildschweinen, die, ganz zum Ergötzen der Männer, die später davon erzählen, in den Koffern rummeln, habe ich eine meiner schönsten Mahlzeiten erlebt. Das Essen war einfach und köstlich, aber was ich da so genußvoll verschlang, daß Austern, Schinken, Spargeln und Poularde nachgerade zu Beilagen degradiert wurden, war ihre urwüchsige Sprache, die grob war in ihrer nachlässigen Syntax, aber herzerfrischend in ihrer jugendlichen Authentizität. Ich habe mich an den Worten gütlich getan, ja, an den Worten, die bei dieser brüderlichen Bauernrunde nur so hervorsprudelten, die Art Worte, die bisweilen die fleischlichen Genüsse an Köstlichkeit noch übertreffen. Worte: Schatullen, die eine einsame Wirklichkeit auffangen und sie in einen Moment der Blütenlese verwandeln, Zauberer, die das Gesicht der Wirklichkeit verändern und verschönern, weil sie ihr das Recht einräumen, denkwürdig zu werden und in der Bibliothek der Erinnerungen ihren Platz einzunehmen. Leben wird erst zu Leben durch die Osmose des Wortes und des Geschehens, in der das erste das zweite in sein Prunkkleid hüllt. So hatten die Worte meiner Zufallsfreunde, indem sie die Mahlzeit mit dem Nimbus einer ganz neuen Grazie umgaben, fast gegen meinen Willen die Substanz meines Festmahls ausgemacht, und was ich mit soviel Heiterkeit gewürdigt hatte, war das Wort und nicht das Fleisch.

Ein gedämpftes Geräusch reißt mich aus meiner Träumerei, mein Ohr hat sich nicht getäuscht. Durch die halbgeschlossenen Lider erkenne ich Anna, die unauffällig durch den Flur gleitet. Diese Fähigkeit meiner Frau, sich fortzubewegen, ohne zu gehen, ohne ihr Vorankommen durch den üblichen Bruch der Schritte zu beeinträchtigen, hat mich immer vermuten lassen, dieses aristokratische Fließen sei allein für mich erschaffen worden. Anna … Wenn du wüßtest, in welche Glückseligkeit mich die Wiederentdeckung jenes flüchtigen Nachmittags versetzt, an dem ich zwischen Branntwein und Wald in vollen Zügen die Ewigkeit der Worte trank! Vielleicht liegt hier die Triebkraft meiner Berufung, zwischen Worten und Essen … Und immer noch flieht mich, schwindelerregend, der Geschmack … Meine Gedanken führen mich zu meinem Leben in der Provinz … ein großes Haus … Spaziergänge querfeldein … der Hund zwischen meinen Beinen, fröhlich und unschuldig …

Venus

Rue de Grenelle, Arbeitszimmer

Ich bin eine primitive Venus, eine kleine Fruchtbarkeitsgöttin mit nacktem Alabasterleib, breiten, ausladenden Hüften, einem vorstehenden Bauch und Hängebrüsten, die bis auf meine in einer etwas drollig schüchternen Haltung gegeneinandergepreßten, prallen Schenkel fallen. Eher Frau als Gazelle: alles an mir fordert die Sinne heraus, nicht die Betrachtung. Und doch betrachtet er mich, betrachtet mich unaufhörlich, sobald er von seinem Blatt aufschaut, sobald er über etwas nachsinnt und, ohne mich zu sehen, seinen düsteren Blick auf mir ruhen läßt. Manchmal sieht er mich aber auch forschend und nachdenklich an, versucht, die Seele dieser reglosen Skulptur zu ergründen, ich spüre genau, daß er ganz nahe daran ist, eine Verbindung herzustellen, zu erraten, ein Zwiegespräch zu führen, und dann gibt er unvermittelt auf, und ich habe das unerträgliche Gefühl, dem Schauspiel eines Mannes beigewohnt zu haben, der sich in einem Einwegspiegel anschaut und nicht ahnt, daß ihn dahinter jemand beobachtet. Dann wieder berührt er mich leicht mit den Fingern, betastet die Falten meines voll erblühten Frauenkörpers, fährt mit den Handflächen über mein flaches, ausdrucksloses Gesicht, und ich spüre auf der Oberfläche meines Elfenbeins das Fluidum eines ungezähmten Wilden. Wenn er sich an seinen Arbeitstisch setzt, an der Kordel der großen Kupferlampe zieht und sich ein warmer

Lichtstrahl über meine Schultern ergießt, tauche ich aus dem Nichts wieder auf, ich erwache jedesmal neu zum Leben durch dieses Licht des Demiurgen, und so sind für ihn auch die Geschöpfe aus Fleisch und Blut, die seinen Lebensweg kreuzen, aus seinem Gedächtnis getilgt, wenn er ihnen den Rücken kehrt, und auf eine ihm unverständliche Art präsent, wenn sie wieder in den Bereich seiner Wahrnehmung rücken. Auch sie schaut er an, ohne sie zu sehen, er nimmt sie im Dunkeln wahr, wie ein Blinder, der vor sich her tastet und sich einbildet, etwas zu fassen, während er nur nach einer Luftblase greift, nur das Nichts umfängt. Seine scharfen, intelligenten Augen sind von dem, was sie sehen, durch einen unsichtbaren Schleier getrennt, der sein Urteilsvermögen behindert, der undeutlich werden läßt, was er mit seinem sprühenden Geist doch so leicht erhellen könnte. Und dieser Schleier ist nichts anderes als die Starrheit des hoffnungslos verbissenen Autokraten in seiner beständigen Angst, sein Gegenüber entpuppe sich als etwas anderes als einen Gegenstand, den er nach Belieben aus seinem Blickfeld entfernen könne, in der beständigen Angst gleichzeitig, der andere sei kein freier Geist, der den seinen anerkenne …

Während er mich sucht, ohne mich je zu finden, während er schließlich resigniert die Augen senkt oder nach der Kordel greift, um die Gewißheit meiner Existenz auszulöschen, flieht er, flieht, flieht das Unerträgliche. Seine Sehnsucht nach dem anderen, seine Angst vor dem anderen.

Stirb, alter Mann. In diesem Leben gibt es weder Frieden noch Platz für dich.

Der Hund

Rue de Grenelle, Zimmer

Zu Beginn unserer Kameradschaft war ich immer wieder fasziniert von der unbestreitbaren Eleganz, mit der er sein Hinterteil auf dem Boden aufsetzte; solid auf seine Hinterläufe gestützt, mit dem Schwanz regelmäßig wie ein Metronom dicht über den Boden wedelnd, seinen unbehaarten, kleinen rosa Bauch unter der flaumigen Brust voller Falten, setzte er sich kraftvoll nieder und blickte mit seinen Haselnußaugen zu mir hoch, in denen ich so oft etwas anderes als nur gerade Freßlust zu sehen meinte.

Ich hatte einen Hund. Oder vielmehr eine Nase auf Pfoten. Ein kleines Sammelbecken menschlicher Projektionen. Einen treuen Kameraden. Einen Schwanz, der im Takt seiner Emotionen wedelte. Ein aufgeregtes Känguruh in seinen guten Stunden. Einen Hund also. Als er ins Haus gekommen war, hätte seine faltige Molligkeit leicht zu alberner Rührseligkeit verleiten können; doch innerhalb weniger Wochen war aus der fleischigen Kugel ein ranker kleiner Hund mit fein geformter Schnauze, klaren, leuchtenden Augen, einer unternehmungslustigen Nase, kräftiger Brust und muskulösen Pfoten geworden. Es war ein Dalmatiner, und ich hatte ihn Rhett genannt als Huldigung an *Vom Winde verweht*, meinen Lieblingsfilm, denn wenn ich eine Frau gewesen wäre, hätte ich Scarlett sein wollen – diejenige, die in einer untergehenden Welt überlebt. Sein blütenweißes Fell, fein säuberlich schwarz getupft, war unglaublich seidig; in der Tat ist der Dalmatiner ein Hund, der sich sehr seidig anfühlt und auch seidig glänzt. Ohne jedoch ölig zu sein: es liegt nichts Schmeichlerisches oder Gekünsteltes in der spontanen Sympathie, die seine Physiognomie weckt, man verspürt einzig einen starken Hang zu liebevoller Aufrichtigkeit. Wenn er obendrein mit nach vorn geklappten Ohren, die wie Tropfen seinen hängenden Lefzen entlangfielen, die Schnauze auf die Seite legte, war er so unwiderstehlich, daß ich nicht bereute, begriffen zu haben, in welchem Maß die Liebe, die wir für ein Tier empfinden, mit unserer Vorstellung von uns selbst zu tun hat. Wer möchte übrigens bezweifeln, daß der Mensch und das Tier nach einer gewissen Zeit des Zusammenlebens gegenseitig die Schwächen des anderen übernehmen. Rhett, ansonsten ziemlich schlecht erzogen, um nicht zu sagen, überhaupt nicht erzogen, war mit einem pathologischen Verhalten geschlagen, das nicht weiter erstaunlich war. Als Gefräßigkeit zu bezeichnen, was bei ihm vielmehr zwanghafter Bulimie gleichkam, wäre eindeutig untertrieben. Kaum fiel ein Salatblatt zu Boden, stürzte er sich auch schon darauf, mit einem äußerst eindrücklichen Hechtsprung, der in einem mit den Hinterpfoten abgebremsten Schlittern endete, verschlang es ohne zu kauen in seiner panischen Angst, man könnte es ihm streitig machen, und erkannte erst nachträglich, davon bin ich überzeugt, was er da erbeutet hatte. Seine Devise lautete wohl: Erst fressen, dann schauen, und bisweilen kam mir der Gedanke, daß ich den einzigen Hund auf der Welt besitze, bei dem die Freßlust mehr Bedeutung hatte als das Fressen selbst, so sehr war der größte Teil seiner täglichen Betriebsamkeit darauf ausgerichtet, dort zu sein, wo er *hoffen* konnte, etwas Freßbares zu ergattern. Seine Findigkeit ging indessen nicht so weit, daß er Tricks erfunden hätte, um sich etwas zu beschaffen; doch verstand er es meisterlich, sich strategisch an genau den Ort zu postieren, wo es eine vergessene Wurst auf dem Bratrost zu stibitzen gab, wo ein zermalmter Kartoffelchips, Überbleibsel eines eiligen Aperitifs, der Aufmerksamkeit der Hausherren entgehen würde. Auf weniger harmlose Art und Weise demonstrierte er diesen unstillbaren Freßdrang sehr anschaulich (wenn auch etwas dramatisch) an einem Weihnachtsfest bei meinen Großeltern in Paris, wo den Abschluß der Mahlzeit, nach einem vorsintflutlichen Brauch, selbstverständlich eine Bûche de Noël bilden mußte, eine einfache, mit Butter-, Kaffee- oder Schokoladencreme gefüllte Biskuitrolle, die von meiner Großmutter liebevoll zubereitet worden war, – einfache Biskuitrolle vielleicht, auf der aber die Großartigkeit des reüssierten Werks lastete. Rhett, in Hochform, tollte in der Wohnung herum, wurde von den einen gestreichelt, von den anderen verstohlen mit Leckereien gefüttert, welche sie hinter dem Rücken meines Vaters nachlässig auf den Teppich legten, und drehte so seit Beginn der Mahlzeit regelmäßig seine Runden (Korridor, Salon, Eßzimmer, Küche, und wieder Korridor, Salon, Eßzimmer, usw.), die gelegentlich durch ein ausgiebiges Schlabbern markiert wurden. Marie, die Schwester meines Vaters, bemerkte seine Abwesenheit als erste. Ich realisierte gleichzeitig mit den anderen, daß wir den immer wiederkehrenden, wedelnden weißen Federbusch, der hinter den Sesseln hervorschaute und uns anzeigte, daß der Hund vorbeilief, schon eine ganze Weile nicht mehr gesehen hatten. Nach einem kurzen Augenblick, in dem wir, mein Vater, meine Mutter und ich, jäh begriffen, was sich da vermutlich zusammenbraute, schnellten wir wie auf Kommando hoch und stürzten zum Zimmer, in dem meine Großmutter, die den Bruder Lustig und seine Liebe zur Küche kannte, das so kostbare Dessert vorsorglich aufbewahrt hatte.

Das Zimmer war offen … Jemand (man fand nie heraus, wer der Schuldige war) hatte trotz der strengen Mahnungen offensichtlich vergessen, die Tür zu schließen, und der Hund, von dem man nun wirklich nicht verlangen konnte, daß er ohne fremde Hilfe seiner Natur widerstehe, hatte daraus ganz selbstverständlich gefolgert, der Weihnachtskuchen sei für ihn. Meine Mutter stieß einen Schrei der Verzweiflung aus; ein Klageweib hätte gewiß nicht herzzerreißender schreien können. Rhett, dem seine Beute aller Wahrscheinlichkeit nach zu schwer auflag, als daß er wie üblich hätte reagieren können, das heißt, zwischen den Beinen durchflitzen, um sich in freundlichere Gefilde abzusetzen, blieb neben dem leeren Teller stehen, der seine Erwartungen in reichem Maß erfüllt hatte, und schaute uns mit ausdruckslosen Augen an. Leer ist übrigens nicht ganz das passende Wort. Sicher, daß man ihn nicht allzu bald stören würde, hatte er die Biskuitrolle mit methodischem Fleiß erst von rechts nach links bearbeitet, dann von links nach rechts, und so fort, auf der ganzen Länge, bis wir dazukamen und von der Meisterleistung aus süßer Butter nichts mehr übrig war als ein langgezogenes, dünnes Gefaser, das jede Hoffnung zunichte machte, wir könnten noch etwas auf unsere Teller retten. Gleich Penelope, die auf ihrem Webstuhl Faden um Faden die ganze Länge eines Tuches auftrennt, das eigentlich ein Wandteppich hätte werden sollen, hatte Rhett aus seinen geschickten Lefzen ein akkurates Weberschiffchen gemacht, das die Freuden seines Kennermagens wob.

Meine Großmutter lachte so herzlich darüber, daß sich der Vorfall von einer kosmischen Katastrophe in eine köstliche Anekdote verwandelte. Auch das gehörte zur Begabung dieser Frau: das Salz des Daseins zu erkennen, wo andere nur die Nachteile sehen. Sie wettete darauf, daß der Hund von selbst bestraft werden würde durch die kolossale Magenverstimmung, die ein für fünfzehn Personen bestimmtes Gebäck ihm unweigerlich in Bälde bescheren würde. Sie täuschte sich. Trotz der verdächtigen Beule, die auf der Höhe seines Magens während einiger Stunden zu beobachten war, wurde Rhett sehr gut mit seinem Weihnachtsschmaus fertig, den er mit einem tiefen, ab und zu von einem lustvollen Quietschen unterbrochenen Mittagsschläfchen abrundete, und seine Entrüstung war denn auch nicht allzu groß, als er am Tag darauf seinen leeren Eßnapf betrachtete, eine armselige Vergeltungsmaßnahme, von meinem Vater angeordnet, der zum mindesten den Streich nicht goutiert hatte.

Braucht es eine Moral zu dieser Geschichte? Ich war Rhett kurz böse, weil er mich um einen angekündigten Genuß gebracht hatte. Aber ich hatte auch unbändig gelacht über die heitere Art, wie der Hund die verbissene Arbeit meiner Großmutter, dieses Drachens, beleidigt hatte. Und vor allem hatte mich ein Gedanke gestreift, und ich hatte ihn höchst erfreulich gefunden. Da bei dieser Gelegenheit eine ganze Anzahl von Verwandten um den Tisch versammelt waren, denen ich im besten Fall mit Geringschätzung, im schlimmsten mit Feindseligkeit begegnete, schien es mir letztlich köstlich, daß der Kuchen, der eigentlich für ihre tristen Gaumen bestimmt war, denjenigen meines Hundes erfreut hatte, der in meinen Augen ein begnadeter Feinschmecker war. Dabei gehöre ich nicht zu denen, die ihren Hund einem Menschen vorziehen, den sie nicht kennen. Ein Hund ist nichts weiter als ein sich bewegendes, bellendes und quirliges Ding, das durch unseren Alltag streunt. Aber wenn man schon seine Abneigung ausdrücken will gegen jene, die sie verdienen, kann man es ebensogut mit Hilfe dieser drolligen Haustiere tun, die zwar unbedeutend sind, aber auch umwerfend durch die Komik, über die sie ganz ohne ihr Dazutun in aller Unschuld verfügen.

Clown, Geschenk, Klon. Er war alle drei zugleich, drollig mit seiner kuschelig pfiffigen, fröhlichen Silhouette, Geschenk, zu dem er sich selber machte, indem er die ungekünstelte Liebenswürdigkeit seiner Welpenseele ausstrahlte, Klon meiner selbst, aber ohne es wirklich zu sein: ich sah in ihm nicht mehr den Hund, sowenig, wie ich ihn zum Menschen machte; er war Rhett, Rhett vor allem anderen, bevor er Hund, Tier, Engel oder Dämon war. Doch wenn ich wenige Stunden vor meinem Ende die Erinnerung an ihn heraufbeschwöre, dann darum, weil es eine pure Beleidigung ist, ihn vorhin vergessen zu haben, als ich die natürlichen Düfte in mein Gedächtnis zurückrief. Rhett war in der Tat selbst schon eine olfaktorische Freude. Ja, mein Hund, mein Dalmatiner, verbreitete einen phantastischen Wohlgeruch. Man mag es glauben oder nicht: Er roch auf der Haut an seinem Hals und oben auf seinem kräftigen Schädel nach leicht geröstetem, süßem Hefebrot, wie es am Morgen, mit Butter und Mirabellenkonfitüre bestrichen, die Küche mit seinem Duft erfüllt. Rhett duftete wunderbar nach lauwarmer Brioche, nach dem anheimelnden Aroma von Hefe, so daß man augenblicklich das Verlangen spürte hineinzubeißen, und man muß sich das vorstellen: Ob der Hund, der den lieben langen Tag in jedem Winkel von Haus und Garten herumtollte, überaus geschäftig vom Salon ins Arbeitszimmer trippelte, auf dem Kreuzzug gegen drei anmaßende Krähen ans andere Ende der Wiese galoppierte oder in Erwartung einer Leckerei in der Küche herumtrödelte – immer verbreitete er den verheißungsvollen Duft um sich. Er war eine ständige und lebende Ode an die Brioche vom Sonntag morgen, wenn man, noch schläfrig, aber glücklich über den beginnenden Ruhetag, einen bequemen alten Pullover überzieht und hinuntergeht, um Kaffee zu machen, derweilen man aus den Augenwinkeln die braune Kugel auf dem Tisch überwacht. Man fühlt sich angenehm verschlafen, freut sich in der Stille noch eine Weile, nicht den Regeln eines Arbeitstages unterworfen zu sein, reibt sich die Augen mit Sympathie für sich selbst, und wenn greifbar der Duft von heißem Kaffee aufsteigt, setzt man sich endlich hin, vor die dampfende Schale, zerdrückt freundschaftlich die Brioche, die sanft auseinanderbricht, zieht ein Stück davon durch den Teller mit Puderzucker, auf der Mitte des Tischs, und erkennt mit halbgeschlossenen Augen, ohne es sich zu sagen, die bittersüße Geschmacksnote des Glücks. All diese Vorstellungen löste Rhett mit seiner wohlriechenden Gegenwart aus, und sein Kommen und Gehen als wandelnde Bäckerei hatte sehr wohl etwas mit der Liebe zu tun, die ich für ihn empfand.

In diesen Erinnerungen an Rhett, durch jenen Zwischenfall, an den ich eine Ewigkeit nicht mehr gedacht habe, habe ich einen Geruch wiedergewonnen, der mir abhanden gekommen war: den Geruch von warmem, duftendem Frühstücksgebäck, der auf dem Kopf meines Hundes nistete. Einen Geruch und mit ihm andere Erinnerungen, an die Buttertoaste, die ich in den Vereinigten Staaten am Morgen verschlang, überwältigt von der Symbiose von Brot und Butter, die man *zusammen* geröstet hat.

Anna

Rue de Grenelle, Flur

Was wird nur aus mir werden, mein Gott, was wird nur aus mir werden? Ich habe keine Kraft mehr, keine Energie, bin vollkommen erschöpft, ausgelaugt … Ich weiß genau, daß sie es nicht verstehen, außer Paul vielleicht, ich weiß, was sie denken … Jean, Laura, Clémence, wo bleibt ihr? Warum dieses Schweigen, warum diese Distanz, warum all diese Mißverständnisse, wo wir fünf doch so glücklich hätten sein können? Ihr seht nur den mürrischen und autoritären alten Mann, ihr habt immer nur einen Tyrannen gesehen, einen Unterdrücker, einen Despoten, der uns das Leben unerträglich machte, euch und mir – ihr wolltet meine Ritter sein, die mich über mein Elend als vernachlässigte Ehefrau hinwegtrösten würden, und letztlich habe ich euch in eurem Glauben gelassen, habe euch meinen Alltag mit eurem liebevollen, erfrischenden Kinderlachen erhellen lassen, habe euch meine Leidenschaft, meine Gründe verschwiegen. Habe euch verschwiegen, wer ich bin.

Ich habe immer gewußt, welches Leben wir zusammen führen würden. Vom ersten Tag an habe ich das glanzvolle Dasein vorausgesehen – sein glanzvolles Dasein, weit weg von mir, die anderen Frauen, die Laufbahn eines Verführers mit einem grandiosen, fabelhaften Talent; ein Prinz würde er sein, ein Grandseigneur, der ständig außerhalb seines Heims auf der Jagd wäre und sich Jahr für Jahr ein bißchen weiter entfernen, mich nicht einmal mehr sehen, meine gequälte Seele mit seinen Falkenaugen durchbohren würde, um dahinter etwas zu erblicken, was mir nicht zugänglich wäre. Ich habe es immer gewußt, und es zählte nicht. Es zählte allein seine Rückkehr, und er kehrte immer zurück, das genügte mir, es genügte mir, diejenige zu sein, zu der man zurückkehrt, zerstreut, schattenhaft – aber sicher. Wenn ihr doch wüßtet, wenn ihr begreifen würdet … Wenn ihr wüßtet, welche Nächte ich verbracht habe in seinen Armen, zitternd vor Erregung, verrückt vor Verlangen, erdrückt von seinem königlichen Gewicht, seiner göttlichen Kraft, glücklich, so glücklich wie die verliebte Frau im Harem an den Abenden, wo sie an der Reihe ist, wenn sie andächtig die Perlen seiner Blicke empfängt – denn sie lebt nur für ihn, für seine Umarmungen, sein Licht. Vielleicht findet er sie lau, schüchtern, kindlich; draußen gibt es andere Geliebte, Tigerinnen, sinnliche Katzen, lüsterne Pantherweibchen, mit denen er in einer Orgie von Röcheln und erotischer Gymnastik brüllt vor Lust, und wenn es vorbei ist, hat er den Eindruck, er habe die Welt neu erschaffen, ist erfüllt von Stolz, erfüllt vom Glauben an seine Männlichkeit – sie aber kostet eine tiefere, eine stumme Lust aus; sie gibt sich hin, gibt sich voll und ganz hin, empfängt andächtig, und in der feierlichen Stille einer Kirche erreicht sie den Höhepunkt, fast verstohlen, denn sie braucht nur das eine: seine Gegenwart, seine Küsse. Sie ist glücklich.

Ihre Kinder … nun, sie liebt sie, selbstverständlich. Sie hat die Freuden der Mutterschaft und der Erziehung erlebt; und auch, wie entsetzlich es ist, Kinder aufzuziehen, die ihr Vater nicht liebt, wie qualvoll, zusehen zu müssen, wie sie ihn langsam hassen lernen dafür, daß er sie verschmäht und ihre Mutter vernachlässigt ... Aber vor allem fühlt sie sich schuldig, weil sie ihre Kinder weniger liebt als ihn, weil sie sie nicht hat beschützen können, beschützen wollen vor dem, den sie mit ihrer ganzen hellwachen Energie erwartete, ohne daß Platz geblieben wäre für etwas anderes, Platz für sie ... Wenn ich weggegangen wäre, wenn auch ich ihn hätte hassen können, dann, ja dann hätte ich sie gerettet, dann hätte ich sie aus dem Kerker befreit, in den ich sie geworfen hatte, dem Kerker meiner Schicksalsergebenheit, dem Kerker meines wahnwitzigen Verlangens nach meinem eigenen Peiniger... Ich habe meine Kinder dazu erzogen, ihren Folterknecht zu lieben ... Und ich weine heute blutige Tränen, weil er stirbt, weil er mich verläßt ...

Ich erinnere mich an unsere glanzvollen Auftritte, wir gingen Arm in Arm, ich lächelte in der lauen Abendluft, in meinem schwarzen Seidenkleid, ich war deine Frau, und alle drehten sich nach uns um, mit jenem Gemurmel, jenem bewundernden Getuschel dicht hinter unseren Schritten, das uns begleitete, uns wie eine leichte Brise folgte, immer und überall ... Stirb nicht, stirb nicht ... Ich liebe dich ...

Der Toast

Rue de Grenelle, Zimmer

Es war während eines Seminars, zu einer Zeit, da ich schon berühmt war und, einer Einladung der *Communauté française* von San Francisco folgend, bei einem französischen Journalisten Quartier genommen hatte, der im südwestlichen Stadtteil in der Nähe des Pazifiks lebte. Es war am ersten Morgen, ich hatte einen Bärenhunger, und meine Gastgeber diskutierten für meinen Geschmack allzu lang darüber, wohin sie mich zum «Breakfast» meines Lebens führen sollten. Durch das offene Fenster entdeckte ich auf einem kleinen Gebäude, das nach einem besseren Fertighaus aussah, ein Schild mit der Aufschrift: John's Ocean Beach Cafe, und ich beschloß, damit vorliebzunehmen.

Schon der Eingang tat es mir an. Das am Türstock mit einer dünnen goldenen Schnur aufgehängte Schild «open» paßte vorzüglich zu dem blitzenden Kupferknauf und verlieh der Ankunft im Café ein gewisses Etwas an Gastlichkeit, das mich angenehm berührte. Aber als ich den Raum dann betrat, war ich hingerissen. So hatte ich mir Amerika erträumt, und wider alle Erwartungen, meiner Gewissheit zum Trotz, ich würde an Ort und Stelle all meine Klischeevorstellungen revidieren, war es genau so: Ein großer, rechteckiger Raum mit Holztischen und Sitzbänken, die mit rotem Skai überzogen waren; an den Wänden Fotografien von Schauspielern, ein Bild aus *Vom*

Winde verweht mit Scarlett und Rhett auf dem Schiff, das sie nach New Orleans bringt; ein riesiger blankpolierter Schanktisch aus Holz, voll gestellt mit Butter, Ketchupflaschen und Ahornsirup-Karaffen. Eine blonde Kellnerin mit stark slawischem Akzent kam mit einer Kaffeekanne in der Hand auf uns zu; hinter der Bar war John, der Küchenchef, ein Typ mit den Allüren eines italienischen Mafioso, damit beschäftigt, mit verächtlich gekräuselten Lippen und blasiert teilnahmslosem Blick Hamburger zu braten. Das Innere strafte das Äußere Lügen: Hier drin war alles Patina, altmodisches Mobiliar und himmlische Bratgerüche. Oh John! Ich studierte die Speisekarte, entschied mich für «Scrambled Eggs with Sausage and John's Special Potatoes» und sah, zusätzlich zu einer dampfenden Tasse ungenießbaren Kaffees, einen Teller vor mir landen, oder vielmehr eine Platte, die gehäuft voll war mit Rührei und gebratenen Knoblauchkartoffeln und garniert mit drei fetten, würzig duftenden Würstchen, derweil die hübsche Russin einen kleineren, mit Buttertoasten beladenen und einem Töpfchen voll Heidelbeerkonfitüre verzierten Teller neben das Ganze stellte. Man sagt, die Amerikaner seien dick, weil sie zu viel und schlecht essen. Das stimmt, aber man darf deswegen nicht ihr opulentes Frühstück anklagen. Ich neige im Gegenteil zur Überzeugung, daß ein Mensch genau das braucht, um einen Tag anzupacken, und daß die erbärmlichen Dejeuners von uns Franzosen, geradezu snobistisch und schlapp so ganz ohne Gesalzenes und Wurstwaren, eine Beleidigung für die Ansprüche des Körpers sind. Als ich – schon satt, nachdem ich mir die Wurstplatte bis zur letzten Gabel hatte schmecken lassen –, in die Scheibe Brot biß, wurde ich augenblicklich von einem unbeschreiblichen Wohlgefühl erfaßt. Warum versteift man sich bei uns bloß darauf, das Brot erst nach dem Toasten mit Butter zu bestreichen? Wenn die beiden Elemente gemeinsam dem Liebäugeln des Feuers ausgesetzt werden, dann darum, weil sie durch die innige Nähe in diesem Brennen zu einer einzigartigen Verbundenheit gelangen. So ist die Butter, die etwas von ihrer cremigen Konsistenz verloren hat, denn auch nicht flüssig, wie sie es wäre, wenn sie allein im Wasserbad in einer Pfanne geschmolzen würde. Entsprechend verliert der Toast etwas von seiner ein wenig tristen Trockenheit und wird zu einer feuchten, warmen Substanz, die, weder Schwamm noch Brot, sondern etwas dazwischen, den Gaumen mit ihrem ganzen gesammelten Schmelz ergötzt.

Es ist schrecklich, ich spüre, daß ich ganz nahe bin. Das Brot, die Brioche … mir scheint, ich habe endlich den richtigen Weg eingeschlagen, den Weg, der zu meiner Wahrheit führt. Oder ist es nur ein weiterer Irrweg, eine falsche Fährte, die mich in die verkehrte Richtung lenkt und mich nur überzeugt, damit ich danach um so leichter enttäuscht und in meinem Scheitern sarkastisch verhöhnt werden kann? Ich probiere andere Alternativen. Poker.

Rick

Rue de Grenelle, Zimmer

Sich räkeln mit vollem Magen, aaah, dieses Woooohlbehagen … ha ha … Welch katzenhafter Stil!

Ich heiße Rick. Mein Meister hat einen gewissen Hang, seinen Haustieren Namen aus der Filmwelt zu geben, doch ich stelle gleich klar, daß ich sein Günstling bin. Ja, genau. Katzen hat es hier gegeben, eine nach der anderen, einige leider nicht sehr robust, schnell dahingegangen, andere Opfer von tragischen Unfällen (wie damals, als die Dachrinne repariert werden mußte, weil sie unter dem Gewicht eines sehr sympathischen weißen Kätzchens namens Scarlett nachgegeben hatte), wieder andere mit einer gewissen Langlebigkeit, doch jetzt bleibe nur noch ich übrig, ich, der ich mich mit meinen neunzehn Katerjahren auf den Orientteppichen der Wohnung räkle, ich, der Liebling, ich, das Alterego des Meisters, der Einzige, der Einzigartige, derjenige, dem er seine Denkerliebe erklärt hat, eines schönen Tages, als ich mich auf seiner letzten Kritik ausstreckte, auf dem Arbeitstisch, unter der großen, warmen Lampe – «Rick», hat er zu mir gesagt und mir dabei ganz hinten am Rücken wunderbar das Fell durchgeknetet, «Rick, mein Liebling, oh ja, du bist eine schöne Katze, ja, ja … dir bin ich nicht böse, du kannst sogar dieses Papier zerreißen, ich bin dir nie böse … mein schöner Kater, mit deinem Schürzenjäger-Schnurrbart … mit deinem glatten Fell … mit deinen Adonis-Muskeln … deinen herkulischen Lenden … deinen Augen wie schillernder Opal … ja …mein schöner Kater … mein Einziger …»

Warum Rick? fragen Sie sich. Ich habe mir die Frage oft gestellt, aber da ich keine Worte habe, um sie zu formulieren, ist sie toter Buchstabe geblieben bis zu jenem Dezemberabend vor zehn Jahren, als die kleine rothaarige Dame, die zu meinem Meister zum Tee kam, ihn fragte, woher er meinen Namen habe, wobei sie mir sanft den Hals kraulte (ich mochte sie gern, jene Dame, sie brachte immer einen für eine Frau ganz und gar unüblichen Geruch nach Wild mit herein, während ihre Geschlechtsgenossinnen unvermeidlich mit schweren und berauschenden Parfums besprüht sind, ohne den kleinsten Wildbretduft, der einer echten Katze Glück bedeutet). Er hat geantwortet: «Rick ist bekanntlich eine Figur aus *Casablanca*; er ist ein Mann, der imstande ist, auf eine Frau zu verzichten, weil ihm seine Freiheit wichtiger ist.» Ich spürte wohl, daß sie sich leicht versteifte. Aber ich wußte auch diese Aura des virilen Verführers zu würdigen, mit der mich mein Meister durch seine dreiste Antwort beehrte.

Natürlich ist heute nicht mehr die Rede davon. Heute wird mein Meister sterben. Ich weiß es, ich habe gehört, wie Chabrot es ihm sagte, und als er dann fort war, hat mich mein Meister auf die Knie genommen, er hat mir in die Augen geschaut (sie mußten wirklich ganz erbärmlich ausschauen, meine armen müden Augen, und wenn eine Katze auch nicht weint, so kann sie deswegen doch Traurigkeit ausdrücken) und mühsam hervorgestoßen: «Hör nie auf die Ärzte, mein Schatz.» Aber ich sehe genau, daß dies das Ende ist. Seines und meines, denn ich habe immer gewußt, daß wir gemeinsam sterben müssen. Und während seine rechte Hand auf meinem fügsamen Schwanz ruht und ich meine Pfoten sorgfältig auf der prallen Rundung des Daunenbetts plaziere, erinnere ich mich.

Der Ablauf war immer der gleiche. Ich hörte seinen raschen Schritt auf den Fliesen des Hauseingangs, und schon kam er, zwei Stufen auf einmal nehmend, die Treppe hoch. Augenblicklich sprang ich auf meine Samtpfoten, flitzte unverzüglich in den Flur, wo ich zwischen Garderobe und marmornem Konsoltischchen auf dem mit Ockergelb durchwirkten Kelim artig wartete.

Er öffnete die Tür, zog seinen Überzieher aus, hängte ihn mit einer knappen Bewegung auf, sah mich schließlich und beugte sich zu mir herunter, um mich lächelnd zu streicheln. Anna kam herbeigeeilt, doch er blickte sie nicht an, er fuhr fort, über mein Fell zu streichen, mich freundlich zu tätscheln. «Die Katze ist doch nicht dünner geworden, Anna?» fragte er mit einem Anflug von Besorgnis in der Stimme. «Aber nein, mein Lieber, aber nein.» Ich folgte ihm in sein Arbeitszimmer, führte seine Lieblingsnummer vor (sich zusammenkauern, zum Sprung ansetzen und geschmeidig wie Leder lautlos auf der Schreibunterlage aus Maroquin landen). «Ah, mein Kater, komm her, komm und erzähl mir, was in der ganzen Zeit so passiert ist ... mau ... ich habe einen Berg von Arbeit ... aber das ist dir egal, und du hast völlig recht ... oh, das kleine seidige Bäuchlein ... komm, leg dich hier hin, ich muß arbeiten ...»

Es wird kein regelmäßiges Kratzen der Feder auf dem weißen Blatt mehr geben, keinen jener Nachmittage, an denen der Regen an die Scheibe prasselte, während ich in der gedämpften Behaglichkeit seines undurchdringlichen Arbeitszimmers träge neben ihm ausgestreckt lag und getreu das Entstehen seines grandiosen Werks begleitete. Nie mehr.

Der Whisky

Rue de Grenelle, Zimmer

Mein Pépé war mit ihm im Krieg gewesen. Die beiden hatten sich seither nicht mehr viel zu sagen, aber jene denkwürdige Zeit hatte zwischen ihnen eine unauflösbare Freundschaft besiegelt, die nicht einmal mit dem Tod meines Großvaters endete, denn Gaston Bienheureux – das war sein Name – fuhr fort, die Witwe seines Freundes zu besuchen, solange sie noch lebte, und hatte sogar das unausgesprochene Zartgefühl, einige Wochen nach ihr zu sterben, nachdem er seine Pflicht erfüllt hatte.

Bisweilen kam er geschäftehalber nach Paris, und nie versäumte er es, mit einem kleinen Karton seines Weins beim Freund hereinzuschauen. Doch zweimal pro Jahr, an Ostern und Allerheiligen, war es Großvater, der allein, ohne seine Frau, ins Burgund «hinunter» fuhr, für drei Tage, an denen vermutlich ausgiebig getrunken wurde und von denen er wenig gesprächig zurückkam, nur gerade anzudeuten geruhte, man habe «über dies und jenes geschwatzt.»

Als ich fünfzehn wurde, nahm er mich mit. Das Burgund ist vor allem berühmt für seine Weine von der «Côte», jenem schmalen, sattgrünen Streifen, der sich von Dijon bis Beaune erstreckt, und der auf seiner ganzen Länge mit einer beeindruckenden Palette berühmter Namen aufwarten kann: Gevrey-Chambertin, Nuits-Saint-Georges, Aloxe-Corton, und weiter südlich, fast an die

Grenzen der Grafschaft verbannt, Pommard, Monthélie, Meursault. Gaston Bienheureux war nicht neidisch auf jene reichen Weingebiete. In Irancy war er geboren, in Irancy lebte er, in Irancy würde er sterben. In diesem kleinen, zwischen Hügel eingebetteten Dorf der Yonne, das ganz für die Traube lebt, die auf seinem fruchtbaren Boden gedeiht, verspürt niemand Eifersucht auf die fernen Nachbarn, denn der Nektar, den man hier liebevoll produziert, will mit niemandem rivalisieren. Er kennt seine Stärken, hat seinen Wert: mehr braucht er nicht, um Bestand zu haben.

Die Franzosen sind in Sachen Wein oft von einem Formalismus, der schon fast lächerlich ist. Mein Vater hatte mich einige Monate vorher zu einer Besichtigung der Kellerei des Château de Meursault mitgenommen: welch ein Prunk! Die Bögen und Gewölbe, der Pomp der Etiketten, der Kupferglanz der Gestelle, das Kristall der Gläser, das alles mochte den Wert des Weins hervorheben, doch genauso sehr stellte es sich meinem Genuß in den Weg, als ich ihn kostete. Abgelenkt durch diesen Luxus von Dekor und Zeremoniell, gelang es mir nicht herauszufinden, ob es die üppigen Reize des Trankes waren oder jene der Umgebung, was da meine Zunge kitzelte. Um ehrlich zu sein, war ich noch nicht sehr empfänglich für den Charme des Weins; doch wohl wissend, daß jeder anständige Mann sich schuldig ist, gern und regelmäßig ein Gläschen zu trinken, gestand ich niemandem ein, daß mir die ganze Übung eine mehr als dürftige Befriedigung verschaffte, in der Hoffnung, das würde sich mit der Zeit von alleine ergeben. Inzwischen bin ich natürlich in die Gilde der Weinkenner eingeführt worden, ich habe seine kräftige Vollmundigkeit ergründet und sie den anderen offenbart, diese Vollmundigkeit, die auf der Zunge pulsiert und sie mit einem Taninbukett überschwemmt, das den Geschmack noch verstärkt. Doch damals, zu unreif, um mich mit ihm zu messen, trank ich ihn eher zögernd und wartete ungeduldig darauf, daß er mir endlich seine erwiesenen Qualitäten verrate. So hatte ich mich über die Gunst, die mir mein Großvater erwies, nicht so sehr wegen der in ihr enthaltenen alkoholischen Verheißungen gefreut, sondern vielmehr wegen des Vergnügens, in seiner Gesellschaft zu sein und eine unbekannte Gegend zu entdecken.

Schon der Landstrich gefiel mir, aber auch Gastons Keller, ganz ohne Schnickschnack, ein einfacher, großer, feuchter Keller mit einem gestampften Boden und Lehmbauwänden. Weder Gewölbe noch Gewölberippen; auch kein Schloß, um den Kunden zu empfangen, nur ein hübsches Burgunderhaus, blumengeschmückt aus Höflichkeit und unaufdringlich aus Bestimmung; einige gewöhnliche Stielgläser auf einem Faß beim Kellereingang. Dort begannen wir, kaum aus dem Auto gestiegen, mit der Degustation.

Und sie schwatzten und schwatzten. Im Laufe der Flaschen, die der Winzer eine nach der anderen entkorkte, tranken sie methodisch Glas um Glas, unter Mißachtung der Spucknäpfe, die im Raum aufgestellt waren für jene, die probieren wollten ohne Angst, sich zu betrinken, und begleiteten die wohl nur in ihrer Einbildung vorhandenen Erinnerungen, die sie aus purer Freude am Reden endlos herunterleierten, mit einer eindrücklichen Menge Alkohol. Ich war selber nicht mehr ganz munter, als Gaston, der mir bis jetzt nur zerstreut Beachtung geschenkt hatte, mich eingehender musterte und zu meinem Großvater sagte: «Der Kleine mag den Wein nicht besonders, stimmt's?» Ich war zu beschwipst, um meine Unschuld zu beteuern. Und dann gefiel er mir auch, dieser Mann mit seiner Arbeitshose, seinen breiten schwarzen Hosenträgern, dem rot karierten Hemd von der gleichen kräftigen Farbe wie seine Nase und Backen, und ich hatte keine Lust, ihn anzulügen. Ich protestierte nicht.

Jeder Mann ist, wie auch immer, Herr auf seinem Schloss. Der ungehobeltste Bauer, der ungebildetste Winzer, der erbärmlichste Angestellte, der schäbigste Händler, der elendeste unter den Ausgestoßenen, die ohnehin schon durch die Maschen des sozialen Netzes gefallen sind, der einfachste Mensch also besitzt immer sein ureigenes Genie, das ihm zu seiner Glanzstunde verhilft. Das galt erst recht für Gaston, der kein Ausgestoßener war. Dieser einfache Landarbeiter, erfolgreicher Weinhändler, gewiß, jedoch vor allem ein auf seinem Stück Weinberg zurückgezogen lebender Bauer, wurde für mich in einem einzigen Augenblick zum Fürst unter den Fürsten, denn in jeder Tätigkeit, ob edel oder verrufen, ist immer Platz für ein Aufblitzen von Allmacht.

«Solltest du ihm nicht das Leben beibringen, Albert?» fragte er. «Ist er etwa in Form für einen FMG, der Fratz?» Und mein Großvater lachte leise. «Siehst du, mein Lieber», fuhr Gaston fort, angespornt durch die Aussicht, unmittelbar an meiner Erziehung mitzuwirken, «alles, was du heute getrunken hast, ist gute Ware, echte Ware. Doch der Winzer verkauft nicht alles, er behält auch etwas für sich, für den Durst, nicht für den Handel, wie du dir denken kannst» (in seinem gutmütigen Gesicht verzog sich der Mund von einem Ohr zum anderen zum Lächeln eines schlauen Fuchses). «Und so verwahrt er in einer

Ecke den FMG, etwas ‹für meine Gurgel›. Und wenn er in Gesellschaft ist, in guter Gesellschaft natürlich, nun, dann holt er den FMG hervor.» Er riß sich mit einem Ruck von seinem schon ziemlich fortgeschrittenen Picheln los. «Komm, so komm doch», wiederholte er ungeduldig, während ich mich mühsam in Bewegung setzte. Mit leicht scheelem Blick und einer von den Unwägbarkeiten des Alkohols schweren Zunge folgte ich ihm in den hinteren Teil des Kellers, und obschon ich lebhaft interessiert war an diesem neuen Konzept, dem FMG, das mir ganz neue Horizonte auf den Lebensstil des kultivierten Gentlemans eröffnete, jagte mir die Aussicht auf eine Fortsetzung des Gelages doch etwas Angst ein. «Da du noch ein bißchen jung bist für die ernsthaften Sachen», fuhr er vor einem mit einem riesigen Schloß bewehrten Festungsschrank fort, «und man bei den Eltern, die du hast, auch nicht zu viel erwarten darf» (er warf meinem Großvater heimlich einen Blick zu, der betonschwer war vor Ungesagtem – Albert sagte keinen Piep), «will mir scheinen, man müsse dir die Röhre mit etwas Stärkerem fegen. Einen Tropfen wie den, den ich dir hervorholen werde, hast du noch nie getrunken, das ist mal sicher. Was vom Feinen. Eine Taufe. Das nenn' ich echte Erziehung.»

Er kramte aus einer bodenlosen Tasche einen dicht behängten Bund mit Schlüsseln hervor, steckte einen davon in das riesige Schloß, drehte ihn um. Das Gesicht meines Großvaters war unvermittelt ernster geworden. Aufgeschreckt durch diese plötzliche Feierlichkeit, schniefte ich nervös, streckte mein vom Bechern völlig eingesacktes Rückgrat und wartete ziemlich beklommen, bis Gaston ganz gewichtig eine Flasche mit schwarzer Etikette, die keine Weinflasche war, sowie ein breites, flaches, schlichtes Glas aus dem Panzerschrank hervorgeholt hatte.

Der FMG. Er ließ seinen Whisky aus Schottland kommen, von einer der besten Brennereien des Landes. Der Besitzer war ein Bursche, den er in der Normandie kennengelernt hatte, gleich nach dem Krieg, und mit dem er sofort die gemeinsame Vorliebe für die alkoholhaltigen Wässerchen entdeckt hatte. Jedes Jahr kam eine Kiste des wertvollen Whiskys zu den paar Flaschen hinzu, die er für seinen persönlichen Bedarf aufhob. Und von Rebstock zu Torf, von Rubin zu Bernstein und von leichtem zu starkem Alkohol, brachte er die beiden miteinander in Einklang – den einen vor, den anderen während der Mahlzeiten, die er selbst als zutiefst europäisch bezeichnete.

«Ich verkaufe gute Sachen, die besten sind für meine Kehle.» Durch die delikate Art, wie er die paar von der Weinlese abgezweigten Flaschen sowie den Whisky seines Freundes Mark behandelte (seinen üblichen Besuchern bot er lediglich einen sehr guten Whisky an, den er in der Gegend kaufte und der neben dem schottischen etwa das war, was die Dosentomate im Vergleich zu ihrer Schwester aus dem Gemüsegarten), stieg er schlagartig in der Achtung des Jugendlichen, der schon ahnte, daß sich Größe und Meisterschaft an den Ausnahmen messen und nicht an den Regeln, und seien es die Regeln von Königen. Dieser kleine private Keller hatte aus Gaston Bienheureux vor meinen Augen soeben einen potentiellen Künstler gemacht. Ich verdächtigte in der Folge sämtliche Gastronomen, bei denen ich speiste, nur die minderen Erzeugnisse ihres Gewerbes auf den Tischen auszubreiten und in der geheimen Abgeschiedenheit ihrer Kochnischen göttliche, dem gewöhnlichen Sterblichen nicht zugängliche

Speisen für sich selbst aufzusparen. Doch im Moment lagen diese philosophischen Betrachtungen in weiter Ferne. Ich starrte schwerfällig auf das bißchen goldbraune Flüssigkeit in meinem Glas, und ganz bange suchte ich tief in meinem Inneren den Mut, mich ihr zu stellen.

Schon der unbekannte Geruch verwirrte mich unsäglich. Welch gewaltiger Angriff, welch kräftige Explosion, abrupt, trocken und fruchtig zugleich, wie eine Ladung Adrenalin, das aus dem Gewebe, wo es gelagert ist, entweicht, um sich an der Nasenoberfläche zu verflüchtigen, ein gasförmiges Kondensat von sensorischen Klippen ... Verblüfft entdeckte ich, daß mir dieser beißende Fermentationsgeruch gefiel.

Wie eine zart besaitete Marquise nippte ich vorsichtig am torfigen Magma und ... oh gewaltiger Effekt! Eine Detonation von Pfeffer und entfesselten Elementen geht da plötzlich los im Mund; die Organe existieren nicht mehr, es gibt keinen Gaumen mehr, keine Wangen und keine Schleimhäute: nichts als die verheerende Empfindung, in unserem Inneren sei ein tellurischer Krieg ausgebrochen. Ich ließ aus Verzückung den ersten Schluck einen Augenblick auf der Zunge verweilen, konzentrische Wellen durchströmen sie noch eine ganze Weile. Das ist die erste Art, den Whisky zu trinken: indem man ihn gierig schlürft, um seinen herben und unwiderruflichen Geschmack tief in sich aufzunehmen. Der zweite Mundvoll hingegen geschah überstürzt; einmal hinuntergeschluckt, erwärmte er meinen Solarplexus erst mit Verzögerung – doch welche Erwärmung! In dieser stereotypen Geste des Schnapstrinkers, der den Trank seiner Begierde in einem Zug hinunterstürzt, einen Moment wartet, unter dem Schock dann die Augen schließt und einen mit Erschütterung durchmischten Seufzer des Wohlbehagens ausstößt, besteht die zweite Art, den Whisky zu trinken, in einer fast gänzlichen Unempfindlichkeit der Geschmacksknospen nämlich, weil der Alkohol die Kehle nur gerade passiert, und der vollkommenen Empfänglichkeit des Plexus, der von einer plötzlichen Hitze durchdrungen wird, wie bei der Explosion einer Äthylplasmabombe. Das wärmt, das heizt, das rüttelt und schüttelt, das weckt, das tut gut. Eine Sonne, die mit ihren wohlwollenden Strahlen dem Körper die Gewißheit ihrer wärmenden Gegenwart gibt.

So trank ich im Herzen des Weinburgunds meinen ersten Whisky und erprobte zum ersten Mal seine Macht, Tote zum Leben zu erwecken. Ironie aller Dinge: Daß ich ihn ausgerechnet dank Gaston entdeckt habe, hätte mich auf die Spur meiner wahren Leidenschaften führen sollen. Während meiner ganzen Karriere betrachtete ich ihn lediglich als ein Getränk, das zwar köstlich, aber dennoch zweitklassig war, und die bedeutendsten Elogen und Prophezeiungen meines Werks habe ich ausschließlich dem Gold des Weins vorbehalten. Ach ... ich erkenne es erst heute: Der Wein ist das raffinierte Schmuckstück, das die Frauen aus reiner Schicklichkeit dem funkelnden Straß vorziehen, den die kleinen Mädchen bewundern; ich habe gelernt zu lieben, was geliebt zu werden verdient, doch ich habe versäumt zu pflegen, was eine spontane Leidenschaft jeder Notwendigkeit zur Erziehung enthob. Im Grunde liebe ich nur das Bier und den Whisky – wenn ich auch anerkenne, daß der Wein göttlich ist. Und da feststeht, daß der heutige Tag nichts als eine lange Reihe von

Reueakten sein wird, hier also ein weiterer: Oh diabolischer Whisky, ich habe dich vom ersten Schluck an geliebt, vom zweiten an verraten – doch nie wieder habe ich, eingeengt in die Geschmackszwangsjacke meiner Stellung, eine derartige atomare Expansion erlebt, daß es einem den Kiefer wegschwemmt vor Wonne.

Verzweiflung: ich belagere meinen verlorenen Geschmack in der falschen Stadt ... Weder Wind noch Heidekraut auf ödem, flachem Land, weder tiefe Seen noch Mauern aus düsterem Stein. All dem fehlt Milde, Freundlichkeit, Maß. Eis statt Feuer: ich stecke in einer Sackgasse.

Laure

Nizza

On est bien peu de chose, et mon amie la rose me l'a dit ce matin … Mein Gott, wie traurig dieses Lied doch ist … wie traurig ich selber bin … und müde, so müde …

Ich bin in eine alte französische Familie hineingeboren worden, wo die Werte heute noch sind, was sie immer schon waren: unverrückbar wie Granit. Niemals wäre mir in den Sinn gekommen, daß man sie in Frage stellen könnte; eine törichte und altmodische Jugend, ein bißchen romantisch, ein bißchen diaphan, die ich damit zubrachte, auf den Märchenprinzen zu warten und bei den mondänen Anlässen mein Kameenprofil zur Schau zu tragen. Und dann habe ich geheiratet, und ganz selbstverständlich geriet ich von der Vormundschaft der Eltern unter die meines Gatten, dann kamen die enttäuschten Hoffnungen, zeigte sich die Bedeutungslosigkeit meines Lebens als in der Kindheit gefangene Frau, ein Leben, das dem Bridge und den Empfängen geweiht war und in einer Untätigkeit verlief, derer ich mir nicht einmal bewußt war.

Da lernte ich ihn kennen. Ich war noch jung und schön, ein graziles Reh, eine allzu einfache Beute. Erregung der Heimlichkeit, Adrenalinschub des Ehebruchs, Fieberrausch des verbotenen Sex: ich hatte meinem Leben einen Kick gegeben, hatte meinen Prinzen gefunden, ich räkelte mich träge auf dem Sofa und setzte mich in Pose, ließ ihn meine langgliedrige, aparte Schönheit bewundern, endlich war ich, existierte ich, und unter seinem Blick wurde ich zur Göttin, wurde ich Venus.

Natürlich konnte er nichts mit einem gefühlvollen kleinen Mädchen anfangen. Was für mich eine Verfehlung war, war für ihn nichts als ein flüchtiges Vergnügen, nichts als eine charmante Zerstreuung. Gleichgültigkeit ist grausamer als Haß; aus dem Nicht-Sein kam ich, ins Nicht-Sein kehrte ich zurück. Zu meinem trostlosen Mann, zu meiner fahlen Oberflächlichkeit, zur Erotik eines naiven Gänschens, zu den leeren Gedanken einer graziösen albernen Pute: zu meinem Kreuz, meinem Waterloo.

Soll er doch sterben.

Das Eis

Rue de Grenelle, Zimmer

Was ich bei Marquet liebte, war ihre Großzügigkeit. Ohne um jeden Preis die Innovation zu suchen, wo so mancher große Chefkoch fürchtet, man könnte ihn des Immobilismus bezichtigen, jedoch auch ohne in ihren aktuellen Kreationen zu schwelgen, arbeitete sie nur deshalb ununterbrochen, weil es letzten Endes in ihrer Natur lag und sie es gerne tat. So konnte man bei ihr genausogut mit einer immer neu jungfräulichen Karte schäkern, als auch ein Gericht aus den Vorjahren bestellen, das sie mit der Bereitwilligkeit einer Primadonna zubereitete, die man anfleht, eine der Melodien zu singen, die sie berühmt gemacht haben.

Zwanzig Jahre lang schon schlemmte ich bei ihr. Von all den Großen, mit denen ich engeren Umgang pflegen durfte, war sie die einzige, die mein Ideal der schöpferischen Perfektion verkörperte. Nie hat sie mich enttäuscht; ihre Gerichte brachten mich immer vollkommen aus der Fassung, raubten mir schier die Besinnung, vielleicht gerade darum, weil diese Eigenständigkeit und Originalität einer Küche, die sie immer wieder neu erfand, bei ihr natürlich waren.

An jenem Juliabend hatte ich, erregt wie ein übermütiges Kind, draußen an *meinem* Tisch Platz genommen. Zu meinen Füßen plätscherte leise die Marne. Der weiße Stein der restaurierten alten Mühle, halb auf festem

Boden, halb über dem Wasser thronend und da und dort mit einer zartgrünen Moosschicht überzogen, die sich in der kleinsten Ritze festsetzte, schimmerte blaß in der hereinbrechenden Dunkelheit. Gleich würde man die Terrassen beleuchten. Ich habe immer eine besondere Vorliebe gehabt für die fruchtbaren Gelände, wo ein Fluß, eine Quelle oder ein Wildbach, der durch die Wiesen fließt, einem Ort die Heiterkeit der satten, grünen Natur verleiht. Ein Haus am Wasser: das ist die kristallklare Ruhe, das ist der Zauber eines schlafenden Gewässers, die mineralische Unbeteiligtheit des Wasserfalls, der nirgends verweilt und Menschensorgen sogleich auf ihren Platz verweist. An diesem Tag aber, unfähig, die Reize des Ortes zu genießen, nahm ich sie nicht einmal wahr und wartete leicht ungeduldig, bis die Herrin des Hauses kam. Sie erschien fast sofort. «Also», sagte ich zu ihr, «heute möchte ich ein Abendessen, das ein bißchen eigenwillig ist.» Und ich zählte meine Wünsche auf.

Speisekarte 1982: *Seeigel Royal mit Sansho, Hasenrücken, Nieren und Leber von jungen Kaninchen mit Strandschnecken. Buchweizengalette.*

1979: *Gestampfte Agria-Kartoffeln mit Kabeljau; Artischocken aus Südfrankreich, Gillardeau-Austern und gegrillte Gänseleber. Mit Lauch gebundene Makrelenbouillon.*

1989: *Geschmorte Steinbuttschnitte an aromatischen Kräutern; abgelöscht mit Cidre vom Bauernhof. Comice-Birnen mit Gurkengrün.*

1996: *Gauthier-Tauben an Pastis und Muskatblüten, Dörrobst und Gänseleber mit Radieschen.*

1988: *Madeleines mit Tonkabohnen.*

Es war ein Florilegium. Was Jahre kulinarischer Inbrunst an zeitlosen Verführungskünsten hervorgebracht hatten, vereinte ich in einem einzigen Topf Ewigkeit, ich förderte aus der unförmigen Masse von angesammelten Gerichten die paar echten Goldklumpen zutage, die, aneinandergereiht zum Perlenhalsband einer Göttin, daraus ein legendäres Werk machen würden.

Ein Augenblick des Triumphs. Sie schaute mich einen Moment lang entgeistert an, bis sie *verstand*; senkte den Blick auf meinen noch leeren Teller; nickte langsam, während sie Augen auf mich richtete, die überflossen vor Hochachtung, Anerkennung, Bewunderung und Respekt, und kräuselte die Lippen in einem Ausdruck ehrerbietiger Huldigung. «Aber ja, gewiß», sagte sie, «gewiß; das liegt doch auf der Hand ...»

Natürlich war es eine anthologische Schlemmerei, und es war vielleicht das einzige Mal in unserer langen Gemeinschaft als Feinschmecker, daß wir wirklich vereint waren in der Hingabe an eine Mahlzeit, weder Kritiker noch Köchin, einzig Spitzenkenner, die der gleichen Liebe verpflichtet waren. Doch obschon diese Erinnerung an den Adel des Gastronomengeschlechts mehr als alle anderen meiner Selbstgefälligkeit als Schöpfer schmeichelt, habe ich sie nicht deshalb aus den Nebeln meines Unbewußten aufsteigen lassen.

Madeleines mit Tonkabohnen, oder von der Kunst der ungebührlichen Raffung! Es wäre eine Beleidigung zu glauben, bei Marquet hätte man sich damit zufriedengeben können, als Nachspeise ein paar dürftige Madeleines auf einen Teller zu legen und zur Verzierung Bohnen darüber zu streuen. Das Gebäck war bloß ein Vorwand für einen zerfließenden, mit einem Guß überzogenen Psalm aus Zucker und Honig, eine Fülle von Keksen, Eingelegtem, Glasuren, Crêpes, Schokolade, Weinschaum, Beeren, Eis und Sorbets, ein ständig wechselndes Spiel von Warm und Kalt, zu dem meine erfahrene, vor schierer Befriedigung schnalzende Zunge die wilde Gigue der ausgelassenen Bälle tanzte. Das Eis und die Sorbets hatten es mir ganz besonders angetan. Ich liebe Eis: Eiscremen, angereichert mit Milch, Fett, künstlichen Aromen, Fruchtstückchen, Kaffeebohnen, Rum; italienische Gelati, fest wie Samt, übereinandergeschichtet in den Aromen Vanille, Erdbeer oder Schokolade; Eisbecher mit einem Berg aus Schlagsahne, Pfirsich, Mandeln und allen möglichen passierten Früchten; einfache Stengel mit einem knackigen Überzug, fein und robust zugleich, die man auf der Straße genießt, zwischen zwei Rendezvous oder am Abend vor dem Fernseher, im Sommer, wenn klar ist, daß man auf diese und keine andere Weise ein bißchen weniger heiß, ein bißchen weniger Durst haben wird; Sorbets schließlich, gelungene Synthese aus Eis und Frucht, eine kräftige Erfrischung, die sich im Mund wie ein Gletscherstrom auflöst. Ein paar Sorbets, von ihren hausgemachten, präsentierten sich auch auf dem Teller, den man vor mich hingestellt hatte, eines davon ein Tomatensorbet, ein weiteres, sehr klassisches, mit Früchten und Waldbeeren, und als drittes schließlich ein Orangensorbet.

Schon im einfachen Wort «Sorbet» nimmt eine ganze Welt Gestalt an. Machen Sie den Versuch und sagen Sie laut: «Möchtest du ein Eis?» und gleich hinterher: «Möchtest du ein Sorbet?» und stellen Sie den Unterschied fest. Ganz ähnlich, wie wenn man unter der Tür ein achtloses

«Ich gehe Kuchen kaufen» hinwirft, wo man sich, ohne so salopp und banal zu sein, sehr gut zu einem kleinen «Ich gehe Patisseries holen» (die Silben schön getrennt: nicht Patissries, sondern Pa-tis-s*e*-ries) hätte aufraffen und durch die Magie eines etwas altertümlichen, etwas preziösen Ausdrucks ohne große Anstrengung eine Welt von altmodischer Harmonie hätte schaffen können. Ein «Sorbet» anzubieten, wo andere nur «Eis» reichen (worunter der Laie sehr oft sowohl die mit Milch als auch die mit Wasser hergestellten Produkte einreiht), bedeutet also schon, sich für die Leichtigkeit zu entscheiden, die Raffinesse zu wählen, bedeutet, mit einem Luftbild aufzuwarten und den schwerfälligen Gang auf dem Boden zu verschmähen, wo die Sicht versperrt ist. Luft, ja; das Sorbet ist luftig, fast unkörperlich, es schäumt höchstens ein wenig im Kontakt mit unserer Wärme, dann verflüchtigt es sich im Hals, besiegt, ausgepreßt, verflüssigt, und hinterläßt auf der Zunge nur die charmante Reminiszenz an die Frucht und das Wasser, die darüber hinweggeflossen sind.

Ich machte mich also über das Orangensorbet her, kostete es sachkundig, überzeugt, schon zu kennen, was ich aufspüren würde, aber trotz allem auf die stets wechselnden Empfindungen achtend. Und dann ließ mich etwas innehalten. Bisher hatte ich Wassereis immer mit der Seelenruhe dessen geschlürft, der seine Sache versteht. Doch dieses Orangensorbet hob sich von allen anderen ab durch seine extravagante Körnigkeit, seine übermäßige Wässerigkeit, als hätte man nur gerade einen kleinen Behälter mit ein wenig Wasser und einer gepreßten Orange gefüllt, woraus sich dann nach der vorgeschriebenen Zeit an der Kälte aromatische Eisstückchen gebildet hätten, rauh wie jede unreine Flüssigkeit, die man zum

Gefrieren bringt und die ungemein an den Geschmack von zerstoßenem, klumpigem Schnee erinnert, den wir als Kinder direkt aus unseren Händen tranken, wenn wir an Tagen, an denen sich der Himmel weit und kalt über uns wölbte, draußen spielten. Genau das machte meine Großmutter im Sommer, wenn es so heiß war, daß ich manchmal den Kopf in den Gefrierschrank steckte und sie sich schwitzend und schimpfend große, klatschnasse Geschirrtücher um den Hals legte und auswrang, welche auch dazu dienten, einige lahme Fliegen zu erschlagen, die an Orten klebten, wo sie nichts zu suchen hatten. Wenn das Eis fest war, stürzte sie den Behälter, schüttelte ihn energisch über einer Schale, zerstieß den orangenen Block und füllte uns einen Schöpflöffel voll in dickbauchige Gläser, die wir wie geweihte Reliquien entgegennahmen. Und ich begriff, daß ich schließlich nur dafür getafelt hatte: um bei diesem Orangensorbet anzulangen, bei diesen Stalaktiten aus der Kindheit, um an diesem einzigartigen Abend den Wert und die Wahrheit meiner gastronomischen Neigungen zu erleben.

Später, im Dämmerlicht, fragte ich Marquet flüsternd:

«Wie machst du es, das Sorbet, das Orangensorbet?»

Sie drehte sich halb auf dem Kissen um, zarte Locken ringelten sich um meine Schulter.

«Wie meine Großmutter», antwortete sie mit einem strahlenden Lächeln.

Ich hab's fast. Das Feuer … das Eis … die Creme!

Marquet

«Chez Marquet», in der Gegend von Meaux

Kein Zweifel, er war ein ausgemachter Lump. Er hat uns konsumiert, meine Küche und mich, mit der Überheblichkeit eines hergelaufenen Bauernlümmels, als wäre es ganz selbstverständlich, daß die Marquet ihm ihre Reverenz erweise, indem sie von seinem ersten Besuch an ihre Gerichte und ihren Hintern darbot ... Ein ausgemachter Lump, aber wir hatten eine gute Zeit zusammen, und die kann er mir nicht nehmen, denn letztlich habe ich mich am Gespräch mit einem echten Genie der Gastronomie gelabt, habe mit einem außergewöhnlichen Liebhaber die Sinnenfreuden genossen und bin trotzdem eine freie, eine stolze Frau geblieben ...

Zugegeben: Wenn er frei gewesen und wenn er ein Mann gewesen wäre, der aus einer Frau etwas anderes gemacht hätte als eine jederzeit verfügbare Dirne – dann, ja, dann ... Aber dann wäre es nicht der gleiche Mann gewesen, nicht wahr?

Die Mayonnaise

Rue de Grenelle, Zimmer

Es gibt nichts Köstlicheres, als zu sehen, wie sich die Welt unseren Wünschen unterordnet. Welch unerhörte Freiheit, einen Eßtempel zu besetzen in der schrankenlosen Glückseligkeit, sich all seine Gerichte leisten zu können! Heimliches Erschauern, wenn der Maître d'hôtel sich lautlos nähert; sein unpersönlicher Blick, ein fragiler, doch gelungener Kompromiß zwischen Respekt und Diskretion, ist eine Huldigung an Ihren sozialen Status. Sie sind niemand, weil Sie jemand sind; hier wird Sie niemand belauern, niemand beurteilen. Daß Sie hier eindringen konnten, genügt als Beweis, daß Sie dazu auch berechtigt sind. Kleiner, diskreter Stich in der Brust, wenn Sie die Karte aus gekörntem Velin aufschlagen, damasten wie die Servietten von dazumal. Maßvoll verhaltener Taumel, wenn Sie sich erst einmal planlos im Gemurmel der Gerichte verlieren. Der Blick gleitet über sie hinweg, weigert sich eine Weile, sich von einem bestimmten Gedicht einfangen zu lassen, erfaßt im Flug nur wollüstige Fragmente, tummelt sich in der verschwenderischen Fülle von Ausdrücken, die er aufs Geratewohl herauspickt. Kalbsnuß … Pistaziencassata … Seeteufel à la Scampi … Reusen-Aal … naturell … bernsteinfarbener Auberginen-Aspik … abgeschmeckt mit bretonischem Senf … Konfit von Schalotten … pochierter Seebarsch à la marinière … eisgekühlte Weinschaumcreme … an altem Traubensaft … norwegischer Hummer … Entenbrust nach Pekingart … Auftakt zur Ekstase schließlich, wenn die Magie das ihre tut und sich die Aufmerksamkeit in einer bestimmten Zeile verfängt:

Entenbrust nach Pekingart aus der Bratpfanne, mit Berber-Gewürz eingerieben; Crumble aus Jamaika-Grapefruits und Konfit von Schalotten.

Sie unterdrücken einen unkontrollierten Speichelfluß, Ihre Konzentration hat den Höhepunkt erreicht. Sie verfügen über die Dominante der Symphonie.

Es sind nicht so sehr die Ente, das Berber-Gewürz und die Grapefruit, die Sie auf diese Weise elektrisiert haben, wenn sie dem Gericht auch im voraus schon eine sonnige, würzige und süße Note verleihen und es auf der chromatischen Skala irgendwo zwischen Bronze, Gold und Mandelgrün ansiedeln. Das Konfit von Schalotten, das augenblicklich zum Aroma wird, das schmilzt und auf Ihre noch nackte Zunge den Vorgeschmack von frischem Ingwer, marinierter Zwiebel und Moschus zaubert, hat in seiner Raffinesse und Üppigkeit zwar Ihr Verlangen geweckt, das nur darauf gewartet hatte. Indessen, es allein wäre nicht ausschlaggebend gewesen. Es brauchte die unvergleichliche Poesie dieses «aus der Bratpfanne», die eine Flut olfaktorischer Erinnerungen heraufbeschwört, an den Duft von Brathähnchen, die auf den Viehmärkten im Freien gegrillt werden, an das sensorische Kunterbunt der chinesischen Märkte, an das unwiderstehlich Knackig-Weiche des angebratenen Fleisches, das fest ist und saftig in seiner knusprigen Hülle, an das vertraute Geheimnis dieser Bratpfanne, weder Bratspieß noch Rost, eher eine Wiege für die Ente, während sie gebraten wird – all das war nötig, um Geruch und Geschmack zu vereinen und Ihre heutige Wahl festzulegen. Sie brauchen nur noch das Thema auszuschmücken.

Wie viele Male habe ich mich wohl auf diese Weise in einer Karte verloren, wie man sich im Unbekannten verliert? Es wäre sinnlos, darüber Buch führen zu wollen. Immer wieder habe ich ein ungeteiltes Vergnügen dabei empfunden. Doch nie so intensiv wie an jenem Tag, als ich im Reich des Küchenchefs Lessière, im Allerheiligsten der gastronomischen Innovation, eine betörende, Wonnen verheißende Karte verschmähte, um mich genüßlich und schamlos der Ausschweifung einer simplen Mayonnaise hinzugeben.

Ich hatte meinen Finger hineingetaucht, lässig, im Vorbeigehen, so, wie man auf einem treibenden Boot seine Hand durchs kühle Wasser gleiten läßt. Wir diskutierten miteinander über seine neue Karte, am Nachmittag, als der Strom der Tafelgäste vorübergehend versiegt war, und ich fühlte mich in seiner Küche wie in der Küche meiner Großmutter: ein vertrauter Fremder im Harem. Ich war überrascht von dem, was ich da kostete. Es war tatsächlich eine Mayonnaise, und gerade das verwirrte mich; wie ein verirrtes Schaf unter Löwen, wirkte die traditionelle Sauce hier irgendwie befremdlich archaisch. «Was ist das?» fragte ich und meinte damit: Wie ist eine simple Hausfrauenmayonnaise *hier* gelandet? «Aber das ist doch eine Mayonnaise», antwortete er lachend, «sag mir nur nicht, du weißt nicht, was eine Mayonnaise ist.» «Einfach so, eine ganz simple Mayonnaise?» Ich war erschüttert. «Ja, ganz simpel. Ich kenne keine bessere Art, sie zuzubereiten. Ein Ei, Öl, Salz und Pfeffer.» Ich ließ nicht locker. «Und zu was wird sie gereicht?» Er schaute mich aufmerksam an. «Ich werde es dir sagen», antwortete er langsam, «ich werde dir sagen, zu was sie gereicht wird.» Er befahl einem Küchenjungen, ihm Gemüse und kalten Schweinebraten zu bringen und machte sich sogleich daran, ersteres zu schälen.

Ich hatte vergessen, ich hatte es vergessen, und er, den seine Eigenschaft als Handwerker und nicht als Kritiker zwang, nie zu vergessen, was man zu Unrecht das «Fundament» der Küche nennt und was doch viel eher ihr tragendes Gerüst ausmacht, übernahm es, mich daran zu erinnern, mir gnädig und ein wenig herablassend eine Lehre zu erteilen, denn Kritiker und Küchenchef sind wie Zucker und Salz, sie ergänzen sich, sie pflegen Umgang miteinander, sie dienen der gleichen Sache, aber im Grunde mögen sie sich nicht.

Karotten, Sellerie, Gurken, Tomaten, Paprikaschoten, Radieschen, Blumenkohl und Brokkoli: Er hatte sie der Länge nach geschnitten, zumindest jene, die sich dazu eigneten, das heißt alle außer den zwei letzten, die, in Röschen geschnitten, gleichwohl am Stengel gefaßt werden konnten, etwa so, wie man die Glocke eines Degens ergreift. Dazu ein paar feine Scheiben Schweinebraten, ohne Zutaten, kalt und köstlich. Wir begannen zu tunken.

Man wird mich nie vom Gedanken abbringen, daß rohes Gemüse an Mayonnaise etwas zutiefst Sexuelles an sich hat. Das harte Gemüse dringt langsam in die sämige Creme ein; es findet nicht, wie bei so manchen kulinarischen Kreationen, ein Prozeß statt, bei dem jedes der beiden Nahrungsmittel ein bißchen von seiner Natur einbüßt, um sich die des anderen anzueignen und, wie das Brot und die Butter, in der Osmose zu einer neuen und wunderbaren Substanz zu werden. Hier bleiben Mayonnaise und Gemüse unverändert sich selbst, sind aber, wie bei einem Geschlechtsakt, selig über ihr Zusammensein. Was das Fleisch betrifft, so gewinnt es trotzdem etwas dabei; seine spröden Fasern zerteilen sich nämlich unter den Zähnen und füllen sich mit der Sauce, so daß das, was man da ohne falsche Scham kaut, ein mit Saucensamt überzogenes Stück Festigkeit ist. Dazu kommt dieser duftige, ebenmäßige Geschmack, denn die Mayonnaise hat keinen Biß, keinerlei Würze, und wie das Wasser überrascht sie den Mund mit ihrer freundlichen Neutralität; und dann die erlesenen Nuancen des Gemüsereigens: unverschämt pikant das Radieschen und der Blumenkohl, wässerig süß die Tomate, zurückhaltend säuerlich der Brokkoli, großzügig mundend die Karotte, mit einem knackigen Anisgeschmack der Sellerie … ein Hochgenuß.

Doch im selben Moment, wo ich mich an diese unschickliche Mahlzeit erinnere wie an ein sommerliches Picknick am Waldrand, an einem jener vollkommenen Tage, an dem die Sonne scheint, eine leichte Brise weht und das Klischee vom Glück perfekt ist, überlagert eine neue Erinnerung meine Rückschau, eine plötzliche Erleuchtung, die meinem Gedächtnis die Tiefe der Authentizität verleiht und in meinem Herzen einen Gefühlssturm entfesselt, wie Luftblasen, die an die Wasseroberfläche drängen und, einmal befreit, in einem Konzert von Beifallsrufen platzen. Denn auch meine Mutter, die, wie ich schon sagte, eine klägliche Köchin war, setzte uns, und sogar sehr oft, Mayonnaise vor, eine Mayonnaise jedoch, die sie fertig gekauft hatte, im Supermarkt, im Glas, und für die ich trotz der Beleidigung, die sie für den authentischen Geschmack darstellte, nicht minder eine unbeschreibliche Schwäche hatte. Die Fertigmayonnaise, der das handwerklich schmackhafte Gepräge fehlt, durch das die reine sich auszeichnet, besitzt nämlich eine Besonderheit, die jener abgeht; der beste Koch muß früher oder später die traurige Tatsache anerkennen: sogar die homogenste und sämigste Zubereitung zersetzt sich sehr rasch ein wenig, zerfällt langsam, oh, nur ganz wenig, aber doch so stark, daß die Konsistenz der Creme durch einen leichten Kontrast beeinträchtigt wird und sie und auf mikroskopischer Ebene nicht länger sein kann, was sie am Anfang war: glatt, glatt, absolut glatt, während die Mayonnaise vom Supermarkt gegen alle Klebrigkeit gefeit ist. Sie hat keine Struktur, keine Elemente, keine Teile, und genau das liebte ich so leidenschaftlich, diesen Geschmack nach nichts, diese Materie ohne Kanten, ohne Griffigkeit, um ihr beizukommen, die mit der Fließfähigkeit der löslichen Substanzen über meine Zunge glitt.

Ja, das ist es, das ist es beinahe. Zwischen der Entenbrust nach Pekingart und der Pomade aus dem Glas, zwischen dem Refugium eines Genies und den Regalen des Lebensmittelgeschäfts wähle ich die letzteren, wähle ich den scheußlichen kleinen Supermarkt, wo in öden und gleichförmigen Reihen die köstliche Verführung stand. Der Supermarkt… Seltsam, wie das eine Welle von Emotionen in mir in Bewegung setzt … Vielleicht, ja … vielleicht …

Paul

Rue de Grenelle, Flur

Welche Verschwendung.

Alles hat er zermalmt auf seinem Weg. Alles. Seine Kinder, seine Frau, seine Mätressen, bis hin zu seinem Werk, das er im letzten Moment mit einem Bittgesuch verleugnet, das er selber nicht versteht, das aber einer Verdammung seiner Wissenschaft gleichkommt, einer Widerrufung seiner Ansichten, und das er wie ein Bettler, wie eine zerlumpte Gestalt am Wegrand an uns richtet, jetzt, wo er eines sinnvollen Lebens beraubt, von seinem eigenen Verstehen abgeschnitten ist – unglücklich letztlich, in diesem entscheidenden Moment zu merken, daß er eine Chimäre verfolgt und die falsche Lehre verkündet hat. Ein Gericht … Was glaubst du, verrückter Alter, was glaubst du denn? Daß du in einem wiedergefundenen Geschmack Jahrzehnte von Mißverständnissen tilgen und plötzlich einer Wahrheit gegenüberstehen wirst, die deine nüchterne Hartherzigkeit wiedergutmachen wird? Dabei besaß er alle Waffen, die einen großen Meister ausmachen: eine gewandte Feder, Geist, Chuzpe, eine glänzende Begabung! Seine Prosa … seine Prosa war Nektar, war Ambrosia, eine Hymne an die Sprache, ich war jedesmal überwältigt, und ganz gleich, ob er übers Essen oder über sonst etwas sprach, man täuscht sich, wenn man glaubt, der Gegenstand habe gezählt: die Sprache selbst bestach. Die Fresserei war nur ein Vorwand, vielleicht sogar eine

Zuflucht, um dem zu entfliehen, was sein Goldschmiedtalent hätte zutage fördern können: dem exakten Inhalt seiner Gemütsbewegungen, der Härte und dem Leiden, dem Scheitern schließlich … Und statt mit seinem Genie die verschiedenen Gefühle, die sich in ihm regten, für die Nachwelt und für sich selbst auszuloten, verirrte er sich auf Seitenpfaden, überzeugt, das Nebensächliche müsse gesagt werden, nicht das Wesentliche. Welch eine Verschwendung … welch ein Jammer …

Ganz beherrscht von seinen kurzlebigen Erfolgen, sah er auch bei mir nicht, was echt war. Sah nicht den auffallenden Kontrast zwischen den Ambitionen des ungestümen jungen Mannes und dem ruhigen Leben einer achtbaren Person, das ich widerwillig führe; nicht meinen hartnäckigen Hang, den Dialog zu sabotieren, unter einem hochtrabenden Zynismus die Gehemmtheit des traurigen Kindes zu verbergen, an seiner Seite eine Komödie zu spielen, die zwar brillant, aber dennoch eine Illusion war. Paul, der verschwenderische Neffe, der Liebling, geliebt dafür, daß er nein zu sagen wagt, es wagt, gegen die Gesetze des Tyrannen zu verstoßen, wagt, in deiner Gegenwart laut und vernehmlich zu sprechen, wenn alle nur flüstern: Verrückter Alter, der wildeste, der gewalttätigste, der rebellischste aller Söhne ist das alles doch nur mit der ausdrücklichen Erlaubnis des Vaters, und der Vater ist es, der aus einem ihm selbst unbekannten Grund diesen Unruhestifter *braucht*, diesen Stachel mitten im häuslichen Herd, diese Insel des Widerspruchs schließlich, durch die sämtliche allzu einfachen Kategorien von Willen und Charakter widerlegt werden. Ich war nur deshalb dein böser Geist, weil du es so gewollt hast, und welcher vernünftige Heranwachsende hätte dieser Verlockung wohl widerstanden, der Verlockung, der geschmeichelte Statist eines Demiurgen zu werden, indem er in die Rolle des Rebellen schlüpfte, die dieser eigens für ihn geschrieben hatte? Verrückter Alter, verrückter Alter … Du verachtest Jean, du hebst mich in den Himmel, und dabei sind wir beide bloß das Produkt deiner Sehnsucht, mit dem einzigen Unterschied, daß Jean daran krepiert, während ich es genieße.

Aber es ist zu spät, zu spät, um die Wahrheit zu sagen, zu spät, um zu retten, was hätte gerettet werden können. Ich bin nicht christlich genug, um an Bekehrung zu glauben, vor allem nicht an Bekehrung in letzter Minute, und als Buße werde ich mit der Last meiner Feigheit, einen gespielt zu haben, der ich nicht war, weiterleben, bis auch mich der Tod holt.

Ich werde trotzdem mit Jean sprechen.

Die Erleuchtung

Rue de Grenelle, Zimmer

Da, plötzlich, erinnere ich mich. Tränen quellen aus meinen Augen. Ich murmle meiner Umgebung frenetisch ein paar unverständliche Worte zu, ich weine und lache gleichzeitig, hebe den Arm und fuchtle aufgeregt mit den Händen. Um mich herum verbreitet sich Aufregung, man ist besorgt. Ich weiß, daß ich aussehe wie das, was ich im Grunde bin: ein Mann kurz vor der Agonie, der an der Schwelle zum Tod in die Kindheit zurückfällt. Dank einer gigantischen Anstrengung gelingt es mir, meine Erregung vorübergehend zu bezwingen – Titanenkampf mit meiner triumphierenden Freude, denn ich muß mich unbedingt verständlich machen.

«Mein ... kleiner... Paul», gelingt es mir mühsam zu artikulieren, «mein ... kleiner ... Paul ... tu ... mir ... einen ... Gefallen.»

Er hat sich zu mir heruntergebeugt, seine Nase berührt fast die meine, seine angstvoll verzerrten Augenbrauen bilden ein wunderbares Motiv über seinen verzweifelten blauen Augen, sein ganzer Körper ist angespannt in der Anstrengung, mich zu verstehen.

«Ja, ja, Onkel», sagt er, «was möchtest du, was möchtest du?»

«Geh ... kauf mir ... Chouquettes[1]», sage ich und merke mit Entsetzen, daß ich am Frohlocken, das meine See-

1 Gebäck aus Brandteig: kleine, ungefüllte, mit Hagelzucker bestreute Windbeutel.

le bei diesen wundervollen Worten durchströmt, krepieren könnte, noch bevor meine Stunde geschlagen hat. Ich erstarre, aufs Schlimmste gefaßt, doch nichts geschieht. Ich atme wieder.

«Chouquettes? Chouquettes willst du haben?»

Ich nicke mit einem armseligen Lächeln. Auf seinen bitteren Lippen zeichnet sich langsam ebenfalls ein Lächeln ab.

«Das möchtest du also, verrückter Alter, Chouquettes?» Er drückt liebevoll meinen Arm. «Ich gehe. Ich gehe sofort.»

Hinter ihm sehe ich, wie Anna sich regt, und ich höre sie sagen: «Geh zu Lenôtre, das ist der nächste.»

Panisches Entsetzen schnürt mir das Herz zusammen. Wie in den schlimmsten Alpträumen scheint mir, es dauere eine Ewigkeit, bis mir die Worte über die Lippen kommen, während die Bewegungen der Menschen um mich herum sich rasend beschleunigen. Ich spüre, daß Paul um die Türecke verschwinden wird, bevor das, was ich zu sagen habe, an die freie Luft gelangt, an die Luft meines Heils, die Luft meiner Erlösung. Da rege ich mich, gestikuliere, werfe mein Kissen auf den Boden, und, oh unendliche Barmherzigkeit, oh Wunder der Götter, oh unsägliche Erleichterung, sie drehen sich nach mir um.

«Ja, Onkel?»

In zwei Schritten – aber wie machen sie das bloß, daß sie so flink sind, so schnell, ich bin wohl schon in einer anderen Welt, von der aus gesehen sie von der gleichen Raserei gepackt zu sein scheinen wie die Schauspieler in den Anfängen des Stummfilms, die sich mit den beschleunigten und ruckartigen Gebärden von Irren bewegten – ist er wieder in Reichweite meiner Stimme. Ich schluchze vor Erleichterung, sehe, wie sie sich verkrampfen vor

Angst, beruhige sie mit einer armseligen Geste, während Anna herbeieilt, um das Kissen aufzuheben.

«Nicht … bei … Lenôtre», krächze ich, «bloß nicht … bei … Lenôtre … Geh … nicht … zu … einem … Konditor … Ich … will … Choux … in … einer … Plastiktüte … von … Leclerc.» Ich atme konvulsiv. «Weiche … Choux … Ich … will … Chouquettes … vom … Supermarkt.»

Und während ich ihm tief in die Augen schaue, während ich die ganze Kraft meines Verlangens und meiner Verzweiflung in meinen Blick lege, weil es zum ersten Mal im wahren Sinn des Wortes um Leben und Tod geht, sehe ich, daß er verstanden hat. Ich spüre es, ich weiß es. Er nickt zögernd, und in diesem Nicken blitzt eine Reminiszenz an unser altes inniges Einvernehmen auf, das schmerzlich wieder erwacht, in einem heiteren und besänftigenden Schmerz. Ich brauche nicht mehr zu sprechen. Während er fast hinausrennt, lasse ich mich in die wohlige Watte meiner Erinnerungen gleiten.

Sie erwarteten mich in ihrer durchsichtigen Plastikverpackung. Auf dem hölzernen Verkaufsständer geduldeten sich die Tüten mit Chouquettes neben den abgepackten Baguettes, den verschiedenen Sorten Vollkornbrot, den Brioches und den Flans. Da man sie dort auf einen Haufen geworfen hatte, ohne Sinn für die Kunst des Konditors, der sie liebevoll und schön locker auf einem Ständer vor dem Ladentisch anordnet, klebten sie am Boden des Säckleins zusammen, dichtgedrängt wie schlafende Welpen in der friedlichen Wärme des Wurfs. Vor allem aber hatten sie, noch warm in ihre letzte Ruhestätte gebettet, jenen maßgeblichen Dunst entwickelt, der sich im Verpackungsinneren niederschlug und damit ein für das Aufweichen günstiges Milieu schuf.

Für die wahre Chouquette gilt das gleiche wie für jeden Brandteig, der etwas auf sich hält. Sowohl Weichheit als auch Härte müssen vermieden werden. Der Windbeutel etwa darf weder elastisch noch schlaff, weder brüchig noch aggressiv trocken sein. Seine Größe besteht darin, zart zu sein ohne Schwäche und fest ohne Strenge. Die heikle Aufgabe des Konditors, der ihn mit Creme füllt, ist es nun, zu verhindern, daß sich das Weiche der Füllung auf den Windbeutel überträgt. Ich habe über mißratene Windbeutel schon gehässige und ruinöse Artikel geschrieben, brillante Seiten über die entscheidende Bedeutung der Grenze bei der Herstellung von Windbeuteln mit Creme – über den schlechten Windbeutel, der sich praktisch nicht mehr abhebt von der Butter, die ihn von innen her überzieht, dessen Charakter in der Trägheit einer Substanz untergeht, der er doch mit dem Fortbestand seines Andersseins hätte begegnen sollen. Oder etwas in der Art.

Wie kann man sich nur in diesem Maße selbst verraten? Welche noch größere Korruption als jene der Macht bringt uns dazu, unsere so offenkundige Lust zu verleugnen, zu verabscheuen, was wir einst geliebt haben, unseren Geschmack derart zu verzerren? Ich war fünfzehn, ich kam aus dem Gymnasium, hungrig, wie man es in diesem Alter sein kann, auf eine wahllose, ungestüme Art und doch mit einer Seelenruhe, an die ich mich erst heute erinnere, und die genau das ist, woran es meinem Werk so sehr fehlt. Meinem ganzen Werk, das ich heute abend ohne Bedauern, ohne die geringsten Gewissensbisse oder die leiseste Sehnsucht für eine einzige und letzte Chouquette vom Supermarkt hergeben würde.

Ich riß die Tüte rücksichtslos auf, zog am Plastik und vergrößerte mit ein paar fahrigen Bewegungen das Loch, das ich in meiner Ungeduld schon gemacht hatte. Ich langte mit der Hand hinein, ich mochte die klebrige Berührung mit dem Zucker nicht, der durch den Niederschlag des Dampfes an der Innenseite haftengeblieben war. Ich löste vorsichtig eine Chouquette von ihren Artgenossen, führte sie andächtig zum Mund, schloß die Augen und verschlang sie.

Man hat viel geschrieben über den ersten Bissen, den zweiten und den dritten. Man hat viel Richtiges gesagt zu diesem Thema. Es stimmt alles. Doch es reicht bei weitem nicht an das Unaussprechliche dieser Empfindung heran, das Unaussprechliche dieser leichten Berührung und dann dieses feuchten Teigs, der in einem orgastisch gewordenen Mund zermanscht wird. Der mit Wasser getränkte Zucker knirschte nicht: er bildete Kristalle unter den Zähnen, seine Partikel trennten sich voneinander, harmonisch, ohne gegeneinanderzustoßen, die Kiefer zermahlten ihn nicht, sie verteilten ihn behutsam, in einem unsäglich schmelzenden und knusprigen Ballett. Die Chouquette blieb an den Schleimhäuten haften, in den verborgensten Winkeln meines Gaumens, sinnlich träge schmiegte sie sich an meine Wangen, ihre unverschämte Elastizität verwandelte sie sogleich in einen homogenen, sämigen und kompakten Teig, den die Süße des Zuckers mit einer Prise Vollkommenheit verfeinerte. Ich schluckte sie schnell hinunter, denn es gab noch neunzehn andere kennenzulernen. Einzig die letzten würden in der Verzweiflung des unmittelbar bevorstehenden Endes wieder und wieder gekaut werden. Ich tröstete mich mit dem Gedanken an die letzte Opfergabe dieser göttlichen Tüte: die Zuckerkristalle, die ganz unten lagen in Ermangelung einer Chouquette, die ihnen Halt geboten hätte und die ich mit meinen klebrigen Fingern zu den letzten kleinen magischen Kugeln stopfen würde, um das Festmahl mit einer süßen Explosion zu beenden.

In der beinahe mystischen Vereinigung meiner Zunge mit diesen Chouquettes vom Supermarkt aus industriell hergestelltem Teig und zu Melasse gewordenem Zucker habe ich Gott erreicht. Ich habe ihn dann verloren und glanzvollen Bedürfnissen geopfert, die nicht die meinen waren und die mir in der Dämmerstunde meines Lebens um ein Haar noch einmal den Zugang zu ihm versperrt hätten.

Gott, das heißt diese nackte, ungeteilte Lust, die aus dem innersten, nur auf den eigenen Genuß bezogenen Kern unserer selbst hervorgeht und auch wieder bei ihm anlangt; Gott, das heißt dieser geheimnisvolle Bereich in unserem Inneren, wo wir im Triumph eines authentischen Verlangens und eines reinen Genusses ganz uns selbst gehören. Gleich dem Nabel, der tief in unseren Phantasiegebilden verborgen liegt, und den allein unser geheimstes Ich nährt, war die Chouquette die glorreiche Erhebung meiner Lebens- und Seinskraft. Ich hätte mein ganzes Leben lang über sie schreiben können, und mein ganzes Leben lang habe ich gegen sie geschrieben. Erst zur Stunde meines Todes finde ich sie endlich wieder, nach so vielen Jahren des Umherirrens. Und es ist letzten Endes nicht so wichtig, daß Paul sie mir bringt, bevor ich verscheide.

Es geht nicht darum zu essen, es geht nicht darum zu leben, es geht darum zu wissen, warum. Im Namen des Vaters, des Sohnes und der Chouquette, amen. Ich sterbe.